청어詩人選 333

잃어버린
사람을
찾아서

조동숙
시집

청어

잃어버린
사람을
찾아서

시인의 말

    미로 같은 세상과 삶의 소용돌이를 비추는 거울인, 세월의 투명한 창가에서 아롱거리며 떠오르는 내용들을 형상화해 보았다.

    이 시집에는 우리가 벅찬 세상을 살면서 제 나름의 불일치에서 파생되는 여러 징후들을 그냥 외면하거나 무심히 지나쳐버릴 수 없었던 것, 또한 실제 이야기에 바탕을 둔 것, 추억과 회상을 통해 내 안에서 자라나다가 세상에 나오기를 기다리던 작품들이 수록되어 있다.

    여기에 실린 시 68편 중 3편을 제외하고는 미발표 신작임을 밝혀둔다.

조동숙

차례

5부 잃어버린 사람을 찾아서

1부

대낮에 엿보기

미녀 언니

누가 뭐래도 언니는 예쁘고도 고왔다
파란 바탕에 꽃무늬 원피스를 입고
허리띠를 리본 모양으로 매고서
나들이할 땐 비길 데 없는 뒤태였다

그렇지만 언니의 앞모습은
코가 납작하니 비뚤어진 채 붙어있고
얼굴엔 알금삼삼한 마마자국이 있어서인지
사람들 간에는 이를 비꼬듯 미녀언니로 통했다

그 얼굴에다 성깔 또한 만만치 않다고
공동우물가에서 수군대는 소리도 들었지만
눈이 먼 백구에게도 정을 담뿍 주던
참으로 따뜻하고 다정한 언니였다

언니 모르게 어른들이 개장수에게 백구를
눈물 쏟으며 발버둥 치던 백구를 팔아넘긴 날
언니는 얼마나 울고불고 했던지
몇날 며칠이고 눈이 퉁퉁 부어있었다

집세가 밀려 부모님이 집주인에게 쓴 소릴 들을 때
언니는 집주인을 찾아가 더러는 양해를 구해냈지만
결국 세간이 강제로 실려 나가던 그날 이후로는
언니도 그 집 소식도 그믐밤처럼 캄캄했다

풍선장수와 아이들

날라리를 연방 불어대면서 양 손목에다
배가 볼록한 붉고 노란 풍선들을
줄줄이 매달고서 엉덩이를 흔들며
골목길을 누비고 다니던 풍선장수와
그의 흉내를 내며 따라다니던 아이들

동네의 입구 한 옆에 녹색의
이끼가 끼어있던 우물터를 지나고
안이 환하게 들여다보이던 마루에
바싹 마른 젖먹이를 안고
젖을 먹이던 아낙의 집도 지났다

여러 물건들이 비집고 들어앉은
상가를 지나면서 행인들이 많아지고
그들이 관심을 가지고 다가올 땐
풍선장수도 아이들도 신이 났지만
생각보다 풍선은 잘 팔리지 않았다
그래도 한참을 그렇게 돌아다녔다

작은 돌을 주워서 땅따먹기 하거나
고무줄뛰기 딱지치기 따위의 놀이로
판박이의 생활을 하던 아이들에게는
마을을 돌며 이것저것 구경하면서
마음도 몸도 흔들어보던 놀이는
색다르고 유쾌한 재미가 아니던가

잠잠하던 풍선이 조금씩 팔려나가
기분과 흥이 솔솔 오르면 풍선장수는
얼굴에다 여러 겹의 주름을 만들어서
한쪽 눈을 찡긋 껌뻑이며
입을 비틀고 웃을 때에는
그 날의 재미도 절정에 이르렀다

요동치며 흐르는 세월에 실려
그 때의 풍선장수도 그를 졸졸 뒤따르던
아이들도 어디론가 뿔뿔이 떠나가도
그 시절의 추억만이 한 아름의 그리움으로
선연하고도 사무치게 다가오고 있구나

구경하는 날

하루가 기울고 있는 서너 시경에
동네 반찬가게 앞에 놓인 긴 붙박이
의자에 동네 어르신들이 앉아서
가져온 음식물을 서로 권하고
나누며 정겹게 드시고들 계셨다

반려견도 아우러진 그들 뒤에는
인생의 잔영이 함초롬히 드리워지고
도타운 삶의 맛이 깃들어져 있었다
지나가는 낯선 이에게도 쉬었다 가라면서
푸짐한 마음을 보내주던 한갓진 오후였다

하루의 석양빛 같은 그들이
날마다 덧나던 삶의 무게를
하나씩 내려놓은 삶의 후반기에
느긋이 맞이하는 그들의 일상은
평온과 온유가 배어나 한결 포근했다

대낮에 엿보기

지루한 장마도 지나간 햇빛 밝은
어느 날 오후 그을음이나 곰팡내 나는
탁한 일상도 말끔히 씻겨간 맑은 날
옥상의 빨랫줄에 나란히 널린 빨래들이
그동안의 찌들고 음습한 곳을 벗어나
산뜻한 심신으로 해바라기를 한다

목청 좋고 달짝지근한 바람이 불어오면
쟁이고 쌓였던 억하심정도 내려놓고
한바탕의 분방한 춤판을 벌이고 있다
바람 따라 휘날리고 화르르 달아오르며
가붓가붓 하늘하늘 한도 없는 춤사위
바람 바람 명지바람 저기 저 춤바람

슬픔이 오고가면

슬픔은 슬픔만이 오는 것이 아니라
여러 정감의 씨앗들을 데리고 온다
슬픔에게 눈물을 준다면 그 눈물은
탁하고 물컹한 것들을 걸러낸
수정같이 맑고 진주같이 단단한
그런 참한 눈물이어야 하리니

슬픔이 그들과 함께 와서
남겨진 한과 포개질 때면
슬픔은 슬퍼도 슬퍼하지 않을
그 어떤 힘까지 보태어져
질기고 강한 삶으로 거듭나서는
스스로를 다독이며 단단히 자리하려니

그 옛적 디딜방아로 곡식을 찧을 때나
베틀을 돌리며 실을 자아내어 길쌈하던
곤고한 삶의 된 자리에서
그렇게 알싸한 일을 할지언정
왠지 모를 어떤 흥취도 깃들어져
슬픔도 힘이 된다고들 한 것이려니

슬픔은 슬픔만이 오지도 않고
떠나갈 때도 그냥 가지도 않아
층층 애환이 서려있는 삶의 길
그 안에서 저절로 영글어진
보다 색다르고 오롯한 힘을 실어
슬픔은 그렇게 오고가는 것이려니

성하(盛夏)의 한나절

쨍쨍한 여름철의 긴 대낮에
통유리 창 앞 녹의(綠衣) 일렁이는 가로수의
더욱 농염해지는 군무가 한창이더니
끝없이 차고 넘치는 여흥에 사로잡혀
어느새 유리 창문으로 쏴아 밀려든
뜨거운 나뭇잎들의 그림자도 하염없네

낮잠에서 활짝 깬 그 분신들도 흥겨워
실내의 널찍한 자리에서 고갯짓하며
질펀하고 흥거운 마당놀이 벌이네
이에 질세라 바람도 열린 문으로
우르르 달려와선 공중제비를 하다가는
구성진 돌림노래로 신명을 돋우네

오후의 유희

설레는 마음 어쩌지 못해
나무 우듬지까지 밀고 올라온
한창 때의 발그레한 꽃들이
허리를 잡고 간드러지게 웃고
푸른 바람은 살랑대는 나뭇잎 사이에서
이를 그윽이 바라보다가 제 흥에 겨워
구성진 소리 드높여 휘파람을 부는
한여름의 오후 한때였네

바로 이때 어디에선가 은근슬쩍 날아든
새들마저도 덩달아 할금거려 쌌더니
한참이나 짝을 지어 쌍쌍이 노닥이다가
오르락내리락 공중곡예에 신이 나고
구름을 활짝 열치고 나온
호기로운 소나기도 와작 짝 한바탕의
화끈하고 농익은 풍악소리 절정이더니
마음의 불까지 쏟아 부으며 황황히 지나가네

생명의 향기

명경(明鏡)같이 환하고 맑은 한나절
한창 물이 오른 나무들은
수많은 잎을 꺼내서 어루만지고
후눅하고 기름진 다산의 땅은
수없는 싹을 틔워서 토닥거리는
오후 한나절이 눈에 차네

뭇 생명들의 옹알이가 무성하고
폭포가 되어 화르르 쏟아지는
금빛 햇살 가득한 곳으로
어디선가 날아든 새 한 마리가
긴 여정에서 돌아온 듯 나른한 몸짓으로
나무둥치를 제집삼아 한갓지게 졸고 있네

봄과 강아지

3월도 초순 불청객의 황사가 달려오고
매운 소소리바람이 드나들던 날에
네 배 째의 강아지들이 양수(羊水)를
한 종지씩 몸에 바른 채 태어났단다

하나같이 금쪽이던 어미의 어린 것들을
살금살금 팔아 돈을 사던 야살스런 할머니의
듬성듬성한 이빨 사이로 말이 새어나가듯
강아지 네 마리도 새어나가 남은 것은 두 마리

입이 널찍한 자색 고무 대야에 담겨져서
사람들의 손길만 닿아도 사시나무 떨듯
몸을 움츠린 채 바들바들 떨고 있던 강아지들은
이제 겨우 눈 떴지만 젖은 떼지 못한 핏덩어리들

땅거미지고 어둠이 사방에서 밀려오던 밤
꼭 품고 쓰다듬던 갓난쟁이들을 빼앗겨버린
어미의 아늑한 젖가슴을 빼앗겨버린
피붙이들의 울음소리와 더운 눈물에 봄이 흠뻑 젖는다

도심 속의 옛집

빼곡한 고층빌딩과 각양각색 문명의 이기들이
대오를 이루고 있던 도심의 이면도로 한편에
도로에서 푹 꺼져 파란 지붕과 창문만 보이는 집이
옛 그대로의 모습으로 버젓이 남아있었다

높은 생활수준에다 환영 같은 건축물의 틈새에서
그 옛적 살가운 삶의 흔적들을 오롯이 간직한 채
유물인양 남겨져 까마득한 날들을 지키면서
여러 대와 소통하는 야트막한 집이었다

지금은 사라져버린 집들 골목길 가게와
공동우물이며 사람들을 선연히 기억하며
그리운 옛 시절의 나날들이며 깡그리
잊고 지내던 일들도 반추하고 있었다

여러 동기(同氣)가 옹기종기 모여 지내고
살림살이가 옹색해도 삶의 맛이 도타워
우리가 살아가면서 놓치고 잃은 것을
떠올려보고 되살리게 하는 집이었다

턱없이 높고 분주한 번화가 한 옆으로
엎드리듯 자리한 나지막하고 한가로운
그 집의 고요와 충만이 외려 번잡하고
어수선한 세월의 길목을 지키고 있었다

상응(相應)

바람이 자욱하게 몰려올 때면
무료하던 나무들 잎잎마다 들떠
사그라들었던 흥취를 모두 불러내고
움츠렸던 사지도 쭈욱 쭉 펴면서
왁자하고 황홀한 윤무에 빠져든다

바람의 구성진 휘파람소리 드높고
잎새들의 가득한 신명도 한창일 때
둥그렇게 맺어져 살아가는 생명체들이
예민한 촉수를 뻗어가며 서로를 부르고
여러 곳에서 상응하는 화답소리가 드맑다

비오는 날의 카페에서

푸르른 젊은 날 한창 때의 연인이
널찍한 통유리 앞의 의자에
서로의 팔짱을 낀 채 나란히 앉아
비에 몸을 씻으며 속살거리는
가로수의 해맑은 잎들을 바라보며
그들의 행복한 시간을 공유하고 있었다
두근거리는 황금기의 황홀한 설렘과
피가 도는 벅찬 기쁨을 누리면서
안팎이 투명한 통유리 창에다
그들의 이야기로 채워가고 있었다

아쉬워하며 그들이 떠나가던 그 자리에
나도 그들처럼 발그레 물들어서 앉아
가로수의 젖은 잎들을 바라보고
잎들이 꺼내는 촉촉한 이야기를 들으며
두고 온 어느 한 시절의
늦은 그리움을 호출하고 있었다
저만치서 주춤거리던 설렘과 기쁨이며
시효를 놓쳐버린 지난 시절의 아쉬움을 반추하면서
거울이 되어 나를 비추는 통유리 창에다
적막하고 시린 사연들로 채워가고 있었다

노래여, 통일의 노래여

1

우리 순정으로 부풀던 시절에 그토록
눈부시던 세기의 전설을 일궈가던 산하(山河)를
온통 뒤흔들던 포성에 유혈 낭자하던 유월
그 선연한 핏빛으로 얼룩진 민족의 역사여
낯 뜨거워지는 처참한 민족의 오욕이여

녹슨 철조망의 잡초 무성한 그곳
분계선의 아득한 어둠 속에서도
줄기차게 흐르는 저 깊은 강물소리
달리지 못하는데도 달리고만 싶은 철마(鐵馬)여
하세월에 벙어리 되어 냉가슴만 앓는 기적소리여

해방의 그날도 한 세기가 저무는데
유월의 산과 들을 덮고도 남던 포화(砲火)
국토의 곳곳마다 낭자하던 그 천둥소리여
형제끼리 맞총질하던 아득한 광기의 세월
그 시린 바람벽에 쌓여가던 민족의 비원(悲願)이여

2

아득하고 숨 가쁜 기억 속에서도
끝도 없이 쏟아져 내리던 탄우(彈雨)소리
저 흐린 역사의 저녁 길을 넘고 넘어서
타오르는 사랑보다 더 뜨거운 염원지피며
웅혼한 세기의 창을 밝히는 통일의 새벽이여

분단의 가시밭길 헤치고 헤쳐
자유와 평화의 깃발 한껏 펄럭이며
통일의 비단길 따라오는 화안한 물길 위에
하염없는 연가(戀歌)의 꽃잎을 띄워
목청껏 불러보는 노래여, 통일의 노래여

분단의 장벽 헐리어 갈라진 국토 이어지고
돌아 누운 산하(山河) 마주하는 곳에서
솟아오르는 민족의 신화여 통일의 함성이여
버선발로 뛰어나와 떨리는 가슴 서로 보듬고
신명나게 불러보는 노래여, 통일의 노래여

꿈꾸는 봄
—물방울 꽃

몹시도 기다리던 사람과 같은
단비가 산뜻이 왔다가는 지나간 후에
나무들의 가지마다 가득히 맺혀있고
연잎의 잎사귀마다 방울방울 구르던
물방울 꽃은 비의 초롱초롱한 눈망울
나무들의 영롱한 꿈 방울이다

물오르는 봄이 활짝 기지개를 켜니
자는 듯 엎드려있던 뭇 생명들도
빗물에 속살까지 포근히 젖어들며
오그렸던 사지를 한껏 펴고 있다
그들이 쏟아내던 싱그러운 숨결이
물방울 꽃에 새겨져 못내 아롱거린다

2부

세월의 저편

새해의 기도

새해에는
그 오랜 날들의
줄 장미넝쿨처럼 뻗어가던 소요(逍遙)와
가득한 혼미(昏迷)의 흐린 기운을 거두시고
당신의 세계 속에 마련된 하얀 길에 들게 하소서

그리하여 켜켜이 쌓여가던 미혹(迷惑)과
눈에 밟혀오는 미련도 정리할 수 있는 힘을
또한 굳게 닫혀있는 저마다의 선연한 문들을
박차고 열며 나아갈 수 있는 용기를 내리소서

새해에는
척박한 세계의 조바심을 걷고나와
수많은 생명들이 서로 믿고 기대어 살게 하시고
저 나목의 우듬지에도 피어나는 순백의 눈꽃
그 처음 같은 떨림과 벅찬 희열을 내리소서

그리하여 무덤 안 같이 가득한 공허에 휩싸이며
상실해버린 순수열정을 아쉬워하는 우리에게
상실감 속에서도 새로운 인식에 눈 뜨게 하시고
조용하고도 겸허한 자신과 마주하게 하소서

팔월의 빛

아득한 세월을 건너고 시간의 급류를 넘어
덧없이 지나가고 잠든 채 묻힌 이야기가
때마침 화들짝 반짝하고 깨어나서는
모처럼 더디게 흘러가는 하얀 오후에
가만가만 말문을 열며 다가오고 있다

어둠을 밀치고 여명을 지나오며
하루를 열던 이른 아침의 햇살
바람의 다급하던 발걸음 소리
무수한 길을 내며 하늘을 달리던 천둥소리
대지를 흥건히 적시던 비 냄새

그렇게 가득히 차오르던 빛이며 소리며
향기 이 모든 것을 더불어서 오는
그 이야기의 벅찬 떨림과 감동이
팔월의 빛으로 하나씩 깨어나며
아는 듯이 몰랐던 일도 전해준다

세월의 저편

쉼 없이 달리는 시간을 싣고
줄지어가던 아득한 세월의 저편에서
한 시절의 순연한 애환이자
그렇게도 빛나던 슬픔과 기쁨이
점점이 아로새겨져 수시로 갈마든다

도랑치마 입고 우쭐거리던 때
푸르게 열리던 나날들의 기쁨과
마음속의 꽃망울도 흐드러지게 피어
새로운 예감에 지피면서 들뜨던 일들이
가끔씩은 뇌수에 불을 켜주기도 했다

때로는 무언가에 씌었던 탓에선지
없는 길을 애쓰며 찾으려고
미망 속을 헤매다 헛발질하고
빤하게 있는 길도 미처 못 보던
백주 대낮속의 캄캄한 청맹과니였다

하늘이 번개춤을 추던 붉고 텅 빈 오후
한갓 빛바래고 애달픈 꿈이 되어버린 채
속절없이 떠나간 세월을 되새겨 보며
다시는 오지 못할 시절과 사람들에 대한
깊어가는 그리움과 도저한 회한을 촉진했다

말의 강
―후일담

어쩌다 자리를 함께 했다하면
때와 장소를 가리지 않고
알맹이가 없는 오로지 쭉정이로 채워진
어마어마한 다변의 강이 범람하여
말의 홍수에 익사할 지경이었다

비릿한 농설의 거품 속을 오르내리며
수다의 허접쓰레기 더미를 쌓아올리고
기다렸다는 듯 공허한 요설을 일삼으며
시간과 세월을 갉아먹고 축내던 그들
어쩌면 말 못하고 죽은 원혼이 덧씌워진 것인가

때론 시기심과 독설이 들쑥날쑥하고
과장과 허세 허울 좋은 위선으로
줄줄 새는 밑천을 포장하려 애써도
그마저 드러나면 남의 것도 알겨내어 제 것인 양
위장해야 하는 자기 스스로도 속여야만 하리니

내심이 공허할수록 말의 따발총은 극에 치닫고
그들의 얼토당토않은 진부한 지청구도
감미로운 음악처럼 박자 맞추며 들어야 하리
혹여나 도리머리를 하다가는 면전은 물론 뒤에서도
사정없이 할퀴며 인신공격할 것은 뻔할 뻔 자

이래저래 서로 맞물려 돌아가는
삶의 다양한 여정을 거치면서
잡스럽고 허황된 말의 강을 건넌 후에
오염된 귀를 씻고* 추한 기억을랑 지워서
맑고도 순연한 말의 고요에 이를 것이려니

*오염된 귀를 씻고: 옛날 중국의 허유는 나쁜 말을 들어 귀가 더러워
졌다며 냇물로 자신의 귀를 씻었다 한다. 즉 세속의 더러운 이야기
를 들은 귀를 씻는다는 의미.

봉인된 시절

우리가 함께 보내던
어느 한 시절의 긴 여운이 아직도
그 곳에는 고스란히 남아있었다
섬광 같이 일어나던 감동마저도
그대로 두고 떠나온 그곳에

그 시절의 모든 시간과
모든 공간에서 서로 만나서
날마다 솟는 새로운 기대 속에
눈이 맑게 트이고 귀가 밝게 열리며
아늑한 이야기의 성을 쌓아갔다

예기치 않게 우리가 떠나온 곳
느닷없이 그것도 오래 전에
그렇게도 아프게 떠나온 곳에서는
우리가 놓치고 잃어버린 뭔가를
일깨우며 참되게 말해주려는 것이려니

우리가 아주 멀리 떠나온 후에
낯선 곳을 한참이나 돌고 돌아
오랜 시간이 지났지만 그곳은
세월 속에서도 원형대로 봉인된 채
하얗게 묻혀 그렇게 남아있었다

함께 보내던 한 시절 그대로
우리를 몹시 기다리던 그곳
오랜 기다림이 있던 그곳에서
끝난 후에 찾아오는 시작을 향해
떠나간 것을 소환하고 있는 것이려니

하얀 길 위에서

정적에 싸인 하얀 길 위에서
시인 라이너 마리아 릴케를 생각한다
그의 뮤즈이며 여성 너머의 여성이자
살아생전 영원한 신부로 형상화했던
연인 루 살로메를 향한 작품들과
세기에서 세기로 넘나들며
불후의 명작으로 세계인의 가슴에
벅찬 감동을 안겨주었던 릴케를 생각한다

한편 루 살로메가 릴케의 사후에 쓴
회상의 글도 되새기며 사랑이 점화하는
그 무한 깊이와 오묘한 경지를
우주까지 닿아있는 그 매혹을
사랑이 예술이 되는 신비한
그 힘을 다시금 떠올려 보며
고독에 싸인 하얀 길 위에서
그들의 사랑과 릴케를 생각한다

세월의 창가에서·1

.

시간을 앞세우고 가는 세월은
바퀴를 구르며 잽싸게 달아나고
올망졸망 앉아서 노닥이던 사람들도
서슬 퍼런 그 앞에서는 하얗게 질려
하릴없이 주저앉아 장탄식을 쏟아낸다

시간을 타고 시간을 가로지르며
미끄러지듯 황황히 가는 그 힘 앞에서는
피 빨이 거머리 같은 끈질긴 생명체도
낡고 초췌한 삶의 스산한 모습이 되어
속절없이 허물어지는 육신에 진저리친다

세월의 창가에서·2

생피 같은 노을이 지나가더니
이내 땅거미 아슴아슴 내려앉고
자욱이 밀려오는 어스름 속에
또 하루가 저녁에 잠겨있다

서로의 침묵 속으로 세월이 흐르는데
한껏 부풀던 시절의 기적 같은 나날들과
덧없이 지나가버린 그 선연한 모습들이
그 때 그대로인 채로 돌아와 아른거리는 날

한참을 지난 이야기를 싣고 오는
아득한 시간들의 가쁜 숨소리와
재바른 발걸음 소리가 연방
수많은 길을 트며 사방에서 우렁우렁 울린다

세월의 창가에서·3

빛과 그림자 속에 스며들며
오고가는 삶의 수많은 메아리가
수정거울 같은 세월의 창가에서
빈 하늘을 가득 채우고 있다

허투루 살고 헛물켜며 사느라고
허비한 피 같은 시간과 인생이며
정신을 놓고 지내던 매순간들이 남긴
길고도 오랜 무상을 되새기게 한다

영겁처럼 느껴지던 찰나들이며
때로는 떠밀리듯 한 광채 없던 날들도
수정 거울이 된 세월의 창에다 비추며
인생에 진 빚도 헤아려보고 있다

창가의 여인

잘 익은 햇빛이 마당 한 곳의 화단에 들러
꽃봉오리에 내려앉아 오래 머물던 여름날
그럴 때면 날마다 거실의 창가에 앉아
넋을 놓고 홀린 듯 바라다보던 여인

그 정경이 어찌나 곡진하던지
요 며칠간 걸어가던 발걸음을 멈추고
나지막하게 빙 둘러친 담장 너머로
이 흔치않은 모습을 지켜보곤 했다

도탑고도 밝은 햇살의 세례를 받아
저마다의 화사한 빛을 연방 토하고
어여쁜 자태를 한껏 뽐내면서 활짝
피어나던 꽃들이 한창이던 오후였다

어쩌면 그 여인의 가슴 언저리에서
아직도 못핀 채 봉오리로 남겨져있는
미완의 시린 꿈이 저기 저 화단에서
다투어 피어나서 꽉 여물어 지려나

꽃밭의 남자

황사가 잠잠해진 화창한 봄날
노경에 접어든 남자가 꽃밭에서
가지를 열고 나오는 태깔 고운 개화를
마음 가득한 눈길을 담아 바라보며
소요를 지나온 고요 경에 젖어든다

그 옛적 한창 시절의 얼기설기
얽히고설킨 수많은 미망을 보내고
이제야 조금씩 본길을 찾으면서
끈적이고 스멀거리던 미혹도 내려놓으며
오랜 기다림의 환한 곳에 발길을 내딛는다

반생도 한참 지나고 색색의 욕망
그 소용돌이를 건너서 느지막이 다가온
더없는 맑고 안온한 마음 자락이
연방 피어나는 꽃들의 무지개 위에서
천향(天香)이 되어 하늘거린다

어느 아픈 인생의 기억

징하고 징한 숭하고 숭한 모진 가난으로
피죽도 못 끓이는 친정 생각에
밥할 때 조금씩 퍼 담아두었던 쌀을
행상 아낙을 통해 보내려던 며느리

몸을 감추고 문틈에 눈을 붙여 이를 흘겨보던
독살스런 사람에게 도리 없이 발각되던 날
지레 겁을 먹고 도망가던 그녀가
배를 기다리며 강가에 서 있을 때였네

그녀 뒤를 밟아와 덮치던 이들에게
끌려간 그날부터 음식을 굶긴 채로
인신이 묶여 자루에 꽁꽁 갇혀서
그렇게 시렁에다 짐처럼 올려졌다네

굶주린 배를 도저히 더는 못 견뎌서
울부짖었지만 겨우 모기 소리일 뿐
몸부림치다가 결국에는 그들의 바람인지
땅바닥에 떨어져 즉사하고 말았다 하네

앙상한 뼈에 가죽만 남은 그 주검은
쥐도 새도 모르게 쉬쉬하며
완전 비밀이 되어 매장되었지만
이를 하늘이 내려다보고 있었던가

금이 간 항아리에서 새는 물처럼
봉합된 비밀도 야금야금 새어나가던
이후로 그 집은 인과응보의 덫에 걸려들었던지
대가 끊기고 우환이 겹쳐 쑥대밭이 되었다 하네

남사 예담촌* 이야기

흙과 돌이 서로 섞이고 서로 어우러진
경남 산청군 남사 한옥 마을의 옛 담장 길을 돌아가면
유생들의 글 읽는 소리가 아련하게 들려오는 듯하고
군불 지피는 굴뚝의 연기 아늑하게 피어오릅니다

도포자락 휘날리던 선비들 그 의연한 발길 따라
마을의 품격 다져지고 사람들의 덕행 높아갔습니다
각성(各姓) 바지가 함께 예우하며 화목하던 여기 반촌엔
아름다운 우리의 전통과 문화유산이
살아 숨 쉬고 있습니다

즐비한 고가들 유적들이며 당산제 물레방아가
산야를 에두르고
켜켜이 쌓인 세월과 역사를 한껏 품고 있는 이 마을은
감도 익고 술도 익고 인심도 절로 저절로 익어가던
그립고도 정겨운 옛 이야기 살뜰히도 토해냅니다

철따라 찾아 와서 마을의 은밀한 향기 자아내던
노거수(老巨樹)들
매화나무 감나무 목 백일홍 꽃에서
어린 풀꽃 그 하나하나마다
남사천의 청아한 물소리를 따라
소담스레 피어나서 가득해지면
껴안을 듯 마주 선 회화나무
두 그루의 사랑도 더욱 그윽해집니다

*2003년 '농촌 전통 테마 마을'로 지정된 후 마을을 새롭게 단장하
면서 만들어진 이름. 2011년 8월 16일 한국에서 가장 아름다운 마을
1호로 선정됨. 이 마을의 역사는 700년을 웃돌며 경남 산청군 단성
면 남사에 소재함.

용소강*

용이 살다가 승천했다는
용소강의 전설을 고스란히 지니고
옹골차게 살아가던 이 마을 사람들
인심은 강 같고 성정은 고운 물빛이었다

웅숭깊은 지리산의 서기(瑞氣)어린 이구산
그 산자락이며 고봉밥 같은 바위들 감싸 안고
흐드러지게 피어서 펄 펄 펄 날아오던
가없는 꽃잎들을 그리움처럼 띄우던 강

물장구치며 뛰놀던 구릿빛 개구쟁이들
흙 묻은 손발이며 호미 씻던 어른들
강가에서 빨래하던 여인네들의 고른 방망이질 소리
아득한 세월의 물살 따라 그 모두가 아롱아롱 오는구나

잃어버린 우리의 사랑을 실어오는 물소리가
따뜻한 핏줄을 타고 말갛게 자랑자랑 흐르는
어머니의 오달진 젖줄 같은 용소강
가슴 가득히 울려오는 다디단 그 강물소리 하염없구나

*경남 산청군 단성면 남사 예담마을에 있는 강으로, 용이 승천했다
는 전설이 전해온다.

3부

도시의 이방인

도시의 이방인·1
—도서관에서

그의 상한 정신에서 새어나오는
퀴퀴한 냄새와 여기저기에서 온갖
것을 끌어 모은 데다 땟국에 절은
옷을 걸치고서 악취를 풍겨대던
장본인이 한눈에 들어왔다

공공도서관 책상에 엎드려 계속 잠을 자거나
의자에 앉아 졸고 있는 경우도 다반사였다
그의 행동이 점점 대담해지면서 도서관 종료
시간이 다가오면 복도에 비치된 긴 의자에
사지를 뻗고 누워있을 때도 더러 있었다

말썽을 부리면서 불편을 일삼던 그를
직원이 기회를 보아 몇 번 주의를 주고
이를 제지하자 냅다 소리를 내지르며
다시는 안 올 듯이 쌩 나갔다가도
언제 그랬냐는 듯 여전히 나타났다

노숙인도 아니고 가정도 있다지만
무슨 연유에선지 가족에게도 찬밥 신세라던
그가 한동안 보이지 않아 의아해하던 중에
모처에서 관할하는 보호소에 모셔져있다는
소식을 그를 잘 아는 분이 전해주었다

도시의 이방인·2
—젊은 그대

정오를 조금 지나 가끔씩은 들르던
카페에 가서 자리를 둘러보던 중
그날따라 고객들이 붐비던 가운데서도
자신이 챙겨온 가방을 베고
소파에 누워있던 청년이 눈에 띄었다

그의 바로 옆 좌석엔 컴퓨터를 열어
온라인 수업을 듣고 있던 여학생도 있었는데
맨 처음엔 커플인 줄 알았지만 오해였다
가방을 둔 채로 어디론가 나가더니
이내 돌아와서는 또 그렇게 누워있었다

어디 아프냐고 에둘러 물어보자
벌떡 일어나더니 괜찮다고 하면서
이번에는 나에게 종교는 있는 지
무슨 일을 하느냐며 조근조근 묻다가
자신의 어두운 가족사를 보태기도 했다

며칠 후에 다시 나타나서는
로터리의 초밥 집에 취업했다며
횡설수설하던 그에게 중단한 학업을
계속해보라고 권하자 그래야겠다면서
휙 나가던 그는 종잡을 수 없는 젊은이였다

도시의 이방인·3
— 청년의 인사

대저역에서 김해 경전철로 갈아타고
유서 깊은 구역을 경유하여
수로왕릉역에서 하차하려는데
바로 내 등 뒤에서 들려오는
참한 인사말에 언뜻 돌아다보았다

옆 좌석에 앉아있던 그 청년이었다
앳된 용모에다 가녀린 목소리로
살짝 고개 숙이고 미소까지 보내오며
"안녕히 가세요"
"오늘도 좋은 하루 되세요"라고

생판 모르는 낯선 그의 인사에
아무런 반응 없이 발걸음을 옮겼어도
왜 어떻게 라는 까닭모를 궁금증이
비 온 후의 죽순처럼 쑥쑥 자라났지만
그날 이후로는 다시 만날 수 없었다

도시의 이방인·4
―긴 머리 남자

지하철 맞은 편 좌석에는
짙은 선글라스에다 반백의 머리칼을
길게 늘어뜨린 깡마른 남자가 앉아
실없이 웃다 주절거리기를 반복했다
그러다 좌석을 몇 개나 독점한 채
아예 아무도 앉지 못하게 했다

그것도 시틋하면 생판 처음 보는
승객들을 흘겨보거나 간섭하고 끼어들며
이상한 행동을 하던 그를 누군가 신고했음인지
얼마 지나지 않아 역무원이 들이닥치더니
이리저리 따지며 완강히 거부하던
그를 열차 밖으로 데리고 나갔다

가불했던 삶의 잉여분마저 탕진하며
바닥까지 내동댕이쳐진 일그러진 모습이
일상의 무언가를 놓치고 살아가는 우리에게
어떤 징후들을 상기시켜 주는 것이었을까
그 이후에도 가끔씩은 그날의 광경을 반추해보며
천둥벌거숭이의 성마른 남자를 떠올리곤 했다

도시의 이방인·5
—부랑자들

대형 서점 각종 병원 유명 백화점이며
온갖 시설물들이 로터리의 듬직한
파수꾼이 되어 우람하게 둘러서서
노다지를 캐러 모여들던 번화가의 S거리
사람들이 시골의 장날처럼 늘 북적이며
서로의 등을 떠밀듯이 오고 가던 곳

이곳에 한 자리를 덜렁 차지하더니
남녀 엇비슷한 사람들이 모여들고
뒤섞이며 퍼질러 앉아 소주와 막걸리를
돌려가며 마시던 그들 주위로는
일회용 컵들이며 폐지 나부랭이들이
널브러지며 울타리를 두르고 있었다

통이나 모자를 앞에 놓고 엎드려 구걸하는
걸인들도 보이는 곳의 맞은편에는 분수대가
수시로 하얀 물줄기를 뽑아 올리고 있었다
거리의 악사들이랑 가수들이 저마다의
재주로 행인들의 눈과 귀를 즐겁게 하더라도
그들에겐 귀찮은 훼방꾼이며 소음일 뿐이었다

남아도는 시간과 자유를 소비하기 위해
무슨 일도 못하겠냐며 더러는
차고 넘치는 힘을 빼기 위함인 듯
무시로 서로에게 시비를 걸다가
털끝이라도 건들렸다는 생각이 들면
냅다 싸움판을 벌이며 잉여분을 소비했다

지하철 에스컬레이터 옆을 지나면
푹 꺼진 두 볼 안에 치아가 듬성듬성 붙은
그 입으로 음식을 먹고 마시다가 아무데나
드러눕고 하면서 헤지고 망가진 삶을 사는
부랑자들도 군중속의 음울한 풍경이 되어
요동치는 삶에 심하게 흔들거리고 있었다

도시의 이방인·6
—그들 남녀

어느 늦봄의 아주 느른한 오후였다
출발 직전의 지하철에 허둥거리며 타고는
출입문 근처에 붙박이며 서 있던 남자
윤기 나는 영혼은 어디론가 증발해버리고
바스락거리는 육신만을 끌고 다니던 그가
환청에 사로잡힌 듯 시퍼런 분노에 갇혀서는
시종 고함을 내지르며 욕설을 퍼붓고 있었다

이럴 때면 반사적으로 떠오르는 여자
열차의 자리를 찾아 뚱뚱한 몸을 비집고 앉아
주변의 승객들은 아랑곳없이 자신만이 보이고
들리는 상대방을 향해 씩씩거리며 독설을 내뱉었다
그녀의 가시 돋친 새된 소리가 이 남자의 말에
이어지다가는 동병상련의 오랜 연인처럼 포개지고
협업하며 그들의 미로를 향해 함께 가는 듯했다

도시의 이방인·7
—그 여자

몸의 군데군데에 크고 작은 흉터들이
도렷이 새겨져있던 것을 보아란듯이
드러내고 나다니던 중년의 여자
꽃들이 다투어 피던 화창한 봄날에는
흉터 부위를 더 노출한 채 아파트 입구에서
줄담배를 피우던 모습도 더러더러 보았다

주름이 겹겹이던 배에도 자리 잡은
큼지막한 흉터까지 내보이고 서 있던
그녀에 대해 알음알음으로 들어온 사람들이
쑥덕쑥덕 입이 획 돌아가게 비웃거나
인접한 버스 정유소에서 차를 기다리던 사람들이
눈을 휘둥그레 뜨고 째려봐도 그저 그만이었다

이런 저런 상처를 가린 채 포장하며
아무 일도 없었던 것처럼 살아가려는
사람들에게 그녀는 자신을 실망시켰던
쓰라린 세월과 인생에 파 먹히던 그 상처의
벌거벗은 흔적들마저 온몸으로 내보이며
그냥 가리고 포장하려는 삶을 경고하고 싶었을까

도심의 뒷골목·1

온화한 저녁을 갈아엎는 온갖
소음과 혼탁한 냄새가 판을 치고
날마다의 삶이 토해내는 잉여물과
잡동사니로 하치장이 된 도심의 뒷골목

푸다닥거리는 각종 생활의 소리를 딛고
스치듯 지나가던 행인들이 남긴 미련의 냄새도
옷 속에 마음속에 숨겨둔 비밀의 피 냄새도
알금삼삼한 도심의 뒷골목으로 흘러든다

때가 되면 뒷골목의 비릿하고 끈적한 냄새가
저마다의 영역을 차지하려 허접 쓰레기더미와
널브러진 부패물에 뒤섞여 아옹다옹하다가도
적당한 선에서 타협하며 공존공생하고 있다

도심의 뒷골목·2

번화가의 지하철역 이면도로에서
상아빛 의상을 우아하게 차려입은
날씬한 아가씨가 매니큐어 곱게 단장한
섬섬옥수의 하얗고 긴 손가락에다
담배를 끼워서는 맛있게 피고 있었다

그녀가 입을 벌렸다 오므렸다 빠끔거리며
익숙한 솜씨로 토해내는 담배연기가 몽글몽글
오르다가 내려오면서 부드럽게 자욱이 흩어졌고
빨간 불꽃이 남아있던 담배꽁초를 땅바닥에
휙 날려 하이힐 신발로 부비며 끄고 있었다

그녀의 여린 듯 상큼한 입술을 지나
꽃비처럼 떨어져 줄줄이 누운 담배꽁초들
각종 쓰레기가 널브러진 그녀 주위론
앞서거니 뒤서거니 버려진 담배꽁초들이
뒷골목의 군데군데에서 대오를 이루고 있었다

도심의 뒷골목·3
―유흥가

M로터리 주변 대로변의 이면도로 양쪽에
큰 날개를 펼친 듯 쭉 뻗혀있던 유흥업소들
몇 블록 지나도 시장통을 끼고서는
다닥다닥 붙어서 영업하며 나름의
쏠쏠한 재미를 보고 있던 곳이었다

산유화 라일락 강남스타일 등등의
시의 제목 꽃 이름 시대의 유행어로
그럴싸한 간판들을 내걸고 공생하던 곳
주변에는 여관 모텔 등의 숙박업소들이 진을 쳤고
대로변에서도 발긋한 안이 보이던 유흥업소들

화사한 분 냄새와 매캐한 담배연기가
저절로 어우러지며 오고가는 술잔에다
찰랑이고 끈적이는 농지거리가 한창이고
깃털 같은 재미도 솔솔 익어갈 때면
구름다리 타고 노닐던 곳이 아니던가

이래저래 한 세상인데 몸 사리고
뒷짐 지고 있는 것보다 몸 가는 데 가서
출출한 마음 푼다고 어디가 덧나더냐며
스스로 위로하며 한창 들락이던 그 곳도
더러는 간판도 내려지고 자물쇠로 잠겨 있다

코로나의 광풍에 휩쓸리며 하나같이
불 꺼지고 모두가 황황히 떠난 텅 빈 자리
그 출입문 위쪽으로 '여종업원 모집'이란
한참 철이 지나고 을씨년스런 팻말만이
인질인 듯이 달랑 붙잡혀 있다

봄이 왔지만

4월도 초순 해거름 녘이었다
봄이 왔지만 봄 같지 않은
때늦은 추위가 불쑥불쑥 드나들고
옛 시절의 보릿고개가 생각나는
퍽이나 스산하고 어수선한 봄날이었다

상의 추리닝이 낡고 닳아서
모서리가 너덜너덜한 옷을 걸치고
음식물이 진열된 제과점 앞에 한참이나
멈춰 서서 눈길을 붙박고 있던
심신이 출출한 취준생의 멍에

파지와 종이상자를 묶은 손수레를
힘겹게 끌고 가는 늙은 아낙의 뒷모습
긴 나무의자에 대자로 누워
연방 눈을 감았다 떴다하는
노숙인의 파리한 얼굴과 퀭한 눈

한창 물오르는 봄날에 걸맞지 않은
어두운 정경을 바라보던 나 자신이
뭔가를 훔쳐보다 들킨 사람처럼
못내 민망하고 왠지 모를 슬픔이
옛 우물물처럼 고여 가고 있었다

빈 집

정다운 웅성거림도 포근한 불빛도
한참이나 물러가 으스스한 채로
버림 받은 짐승 마냥 웅크리고 있던 집
드나들던 피붙이들도 허물허물 빠져나가고
그나마 남아있던 추억들도 오그라붙은
메마르고 텅 비어 눈물 나던 집이었다

가끔씩 그 곳을 지나치다 머뭇거리며
귀를 기울이고 바라보던 그 집의 검은 방들
땅거미가 진 후면 폐광처럼 을씨년스러웠고
낯선 세월의 이방인으로 움츠리고 있었다
숭숭 구멍 뚫리고 남루로 채워가던 그 집은
오로지 집만이 집을 지키는 지경이었다

사철 적막한 바람이 발자국을 남기며
울타리를 빙 두르고 있었고
담벼락의 안쪽 구부러진 석류나무엔
잎을 헤집고 나온 부스럼 같은 석류꽃이
한동안 옴 오르듯 번져가며 피어나더니
얼마 후 땅바닥에 떨어져 각혈하고 있었다

어둠의 심연에서

불빛이란 불빛이 모조리 함께
어둑시니처럼 날으며 달려오는 밤
뻘 구덩이의 심연으로 짙은
어둠 하나 또 떨어져 쌓인다

살얼음판 같은 어둠을 딛고
길고도 구불구불한 미로를 헤매지만
움직일수록 더욱 깊어지고 조여드는
어둠의 심연에 이내 포위되고 만다

때로는 골수에 사무치며 애간장이 녹고
환장할 일밖에 더는 없는 휘우듬한 생의 여정에서
차라리 사방에서 눈 뜨는 시린 회한에 의지한 채
살아갈 길을 묻고 그 길을 찾아야만 하리니

4부

동행
-저녁 강

보르헤스*

50대 중반에 시력을 잃고 장님이 되었어도
여명에 물들고 햇살 닿은 유리창 같은
더없이 밝고 환한 마음눈으로
세상의 모든 것을 보았고
어둠의 심연에서 눈 너머의 눈으로
평생토록 책을 읽고 글을 썼던 그
그의 낙원은 바로 도서관이었다

잘 보이는 너무나도 잘 보이는 눈을 달고서도
못 보거나 너무나도 잘 못 보는 청맹과니들의
교활하고 부박한 가짜의 삶들이 세력을 확장하며
영역을 다지고서 한도 끝도 없이 득실거리는데
그는 스스로를 하나의 실수이며
과대평가된 작가라면서 서슴없이 자평하고
오히려 영영 잊히는 것을 원하지 않았던가

시력은 잃었어도 형형한 심안(心眼)과
전무후무한 기억력으로 어둠을 밝히고
읽고 쓰는 자신의 운명을 만나
멀고도 깊은 그 벅찬 길을 따라

탐구의 무한 세계를 열어갔다
세기를 초월하며 존재하던 그의 생애는
형안과 기억 속에서 자라난 명작들로 가득했다

*보르헤스: 아르헨티나 소설가이자 시인. 독창적인 문학세계로 문
단의 주목을 받으며, 세계적인 명성을 얻었고 미셸 푸고, 움베르토
에코 등에게도 지대한 영향을 미쳤다. 영국 여왕으로부터 기사 작
위를 받기도 했으며, 옥스퍼드대학교와 여러 대학에서 명예문학박
사 학위를 받았다.

도서관 대출확인증

도서관에서 대출한 책을 절반 넘게
읽다가 책갈피에 끼워져 있던 앞선
대출자의 이름과 책명 대출날짜가
인쇄된 '이용자명 대출확인증'을 보았다
지금으로부터 4년 전인 그 대출날짜가
여기서 고스란히 다시 살아나는 듯했다
벌써 두 번째로 이름이나 책명 날짜 중
그 어느 하나는 뚜렷하게 남겨진 채였다

가끔씩 이긴 하나 이전에
대출한 책을 읽고 반납한 후
한참을 지나 다시 대출해 읽어갔을 때
낡고 삭은 그대로 책갈피 깊은 곳에서
숨죽이고 있던 내 이름이 인쇄된
이용자명을 접하면 얼마동안은 이런저런
묘한 생각에 휩싸이곤 했다
이렇게라도 나의 손길을 기다렸던 것인가

대출확인증을 책갈피에 그냥 끼워둔 채
반납했던 결과 다시금 나타난 것이리라
몇 페이지를 더 넘겼을 때 이번엔
박제된 잎사귀 하나가 끼워져 있었다
책을 앞에다 두고 앉아 여러 생각들이
교차하면서 명멸하던 날이었다
우리들도 언젠가는 인생의 갈피 속에
끼워져서 부식되다가 지워져 가리니

S도서관 사물함 앞에서

빈틈은 이내 채워져 버리던
그 사물함 앞을 막 지나치려는데
자리가 비었는데도 오늘은 어찌
그냥 가느냐며 새파란 불을 켜고
내 발길 비추더니 따라 나서네

가을을 데리고 따라와서는 조곤조곤
도란거리며 한참이나 말을 걸어오면서
오래 전에 물러나 머뭇거리고 있는
내 안의 미세한 알맹이라도
샅샅이 찾아내어 키질하라며 북돋우네

영원 같은 시간이 저녁 어스름 빛에
감겨드는 황갈색 가을의 발걸음소리와
시냇물의 파란 목소리가 함께 울려오고
내 마음에서 한참 떠나 갈앉은 향수들도
저마다의 빛깔로 솟아나더니 나를 따르네

늦가을 길 위에서

점점 더 희박해져가는 가을
포탄을 맞은 듯 우르르 떨어져
젖무덤처럼 연방 쌓이던 낙엽 길
가을의 파편들이 패잔병처럼 널브러져
탄식하며 신음하던 길 참 오래된 길

포화에 타들어가는 꿈의 잔해들이
나뒹굴며 바스락거리던 침향색 길
저마다의 버거운 삶을 머리에 이고
끓일 듯 이어지며 지나가고 있던
사람들의 무거운 발걸음 소리

실낱같은 가을도 점차 기울 즈음
드높은 하늬바람의 타작소리에
쿵쿵 뛰어내려 지천으로 깔려서
이내 오그라지던 가을의 분신들
그 텅 빈 꿈의 껍질들로 채우던 길

동행
—저녁 강

또 하루가 잦아들 때면
시간을 따라오던 저녁노을이
석양을 받아 붉은 물비늘로 반짝이는
저 빛하며 산골짜기를 거쳐 내려온
저 산 그림자도 만감(萬感)을 품고 있는
강 위에다 사지를 뻗고 편안히 드러눕는다

저 빛과 저 그림자를 한껏
아우르고 있던 따사로운 저녁 강
모든 소리를 지운 깊은 묵언으로
사위어기는 날의 끝자락을 향해
서로가 혈육처럼 나란히 누워
아득히 함께 흘러가고 있다

낙화

나무들이 몸에서 잎을 한창 꺼낼 때
꽃들은 한동안 폭죽처럼 터져 쏟아지며
온 세상 어디에나 색깔의 파도를 이루어
화르르 피고 또 피어나던
꽃 사태가 절정에 다다르고 있었다

그러다가 왕성한 잎들이 천지를 덮으면서
진초록 빛을 한창 내뿜고 있던 즈음에
어이없이 밀어닥친 천둥과 비바람으로
꽃부리가 댕강댕강 잘리고 떨어져서
핏방울 같은 꽃잎들이 널브러져 있었다

흘러간 영광의 그 덧없는 그림자와 같은
빛이 바랜 꽃들의 잔해더미 위에서
애간장 타는 일 밖에 더는 없는
낙화하여 적멸되는 생명체의 슬픔이
텅 빈 적요의 세계에 가득했다

낙조 그 자리

아롱다롱한 삶의 애환으로 휘청거리던
붉고 숨 가쁘던 날이 이제는
서산마루에 걸린 채 사위어가고
세월도 눈물비가 되어 뚝뚝 떨어진다

하세월의 층층 주름위에서 추깃물 같이
끈적이는 납빛 심연을 향해
어둠의 끝 모를 그 깊이를 향해
마지막 타는 신열을 쏟아 붓는다

낙조에 물들며 떠나가던 하루도
붉은 가슴을 한껏 내보이며 명멸하리니
적멸의 자리에서 서서히 눈 감을 때면
죽음의 씨앗도 알곡처럼 여물어 가리

지나감에 대하여

저무는 날 나지막하게 내려앉은
어스름한 하늘의 그 틈새로
매지구름이 칙칙한 몸을 풀고 있고
소소리 바람이 쏜살같이 달려와서는
야단 굿을 떨다가 휙 지나간다

번개춤 같은 요동치던 시절도 물러서고
쌍심지를 켜고 사정없이 덤비던 생의
그 한겨울을 만나 호호하며 살면서
신산한 삶의 촘촘한 얼룩들을
오종종 매달았던 시린 세월 또한 지나간다

가을의 메시지

날을 세우고 연방 달려오며
퍼붓는 바람의 폭탄 맞은 가을
부러진 날개 같은 가을의 파편들과
저 노란 몸부림을 그대여 바라보는가

떨어져 나뒹굴다 흩어져 밟히면서
나락으로 무너져 내리는 벅찬 애소들과
수많은 메아리가 되어 우렁우렁하는
가을의 아린 절규들을 그대여 들어보는가

차가운 바닥위에 떨어져서 점점이 누워있는
가을의 분신들과 휑한 길의 모롱이에서
심히 바스락거리다 이내 고갈되어버리는
텅 빈 꿈의 껍질들을 그대여 느껴보는가

가을 편지

오고가는 세월에 실려 찾아오던
푸르른 계절이 저만치서 앞서가고
심황색의 가을도 그 뒤를 따르던 오후
먼 산을 넘어 소슬바람이 불어올 때면
때 이른 낙엽은 보일 듯 말 듯한 상형문자로
누군가에게 가을 편지를 쓰고 있다

생명체들의 도타운 삶은 쉽지 않지만
길손에게 몸을 드리워 그늘을 내리기도 하고
헐벗은 새들에겐 몸을 펼쳐 쉴 곳도 마련했지요
이제는 여러 마음들을 내려놓고 훌훌
나 먼저 떠나가니 너무 아쉬워말아요
그동안 잘 살다가 미련 없이 갑니다

끝끝내는 부치지 못하고 말
수신인 없는 애잔한 편지를
그 미완의 편지를 남기면서
낙엽은 바람을 따라 나서며
산책로의 모퉁이에서 한동안을
망연히 주저앉아 생각에 잠겨있다

거리에서의 모녀

흔들리는 세상을 이래저래 부대끼며 살아가는
사람들의 스산한 발걸음이 웅웅거리던 거리
서풍이 왁자하니 달려올 때면
창백한 나무 잎새들이 휘달리면서
눈물비를 쏟고 있던 늦가을의
어스레한 거리엔 땅거미가 내리고 있었다

휘달리던 여러 소리에 에워싸이며
자박자박 걸으면서 주거니 받거니
이어지던 모녀의 대화에 점차로
끌려들며 그들과 그 대화를 따라갔다
새벽의 여명 같은 딸과
오후의 잔영 같은 엄마의 대화를 따라

사랑의 도취에 무작정 빠져들며
황홀한 꿈에 푹 잠긴 딸에게
녹록치 않은 인생을 살아왔던
엄마가 건네주던 피 같은 말들은
꿈과 현실 사이를 넘나들면서
삶의 애환을 후눅하게 울려주었다

도시의 밤

제대로 된 밤이 단 한 번도 없었던
도시의 밤은 점점 더 요란해지고
비대해져가는 불빛의 광란 속에서
급기야는 만신창이가 되어가고 있다

어둠을 아귀아귀 씹어 먹으며
생육하는 형형색색의 불빛들 아래서
만성피로와 누적된 불면증에 시달리며
있는 듯 없는 듯이 자리보전하고 있다

덧없는 화려함에 저만치 물러나서
실상은 하릴없이 심신이 갇혀 잦아들고
허상만이 번들번들 광내는 빛발 속에서
도시의 밤은 불치의 병마로 신음하고 있다

P대학 역 앞의 '빛거리'

'빛거리'라는 대학가의 진입로에 들어서면
양 사방에서 달려오는 빛살에 이내 포위당했다
코로나19가 난리굿을 떨고 황금상권이던
상가 1층도 '임대'라는 글자가 저승사자처럼
더러 나붙어 있는 곳들 그것도 오랫동안이나

그런데도 여기 이 거리는 세상 밖의 세상인 듯
어디를 가나 찰거머리처럼 따라붙는
빛의 소용돌이 그 빛의 광란이 절정이고
철사그물에 걸린 불빛도 보란 듯이
파닥닥 깨어나서 신나게 공중제비를 했다

위에서 뛰어내리고 아래에서 타고 올라가서
공중에서 곡예를 하다가 어떤 것은 매달려
꿈틀거리며 희한한 요술을 끝없이 증식시켰다
끝도 갓도 없는 그 밤 2층 매장의 Over Bridge란
전광판이 유령의 꿈같이 떠서 공중부양하고 있었다

시일이 좀 지난 그 얼마 후에
다시 가게 된 대학가의 '빚거리' 그곳은
증식하던 빚 무리도 더러는 야반도주 했는지
미궁 속에 빠졌는지 반 넘어 모습을 감추었고
과부하에 걸린 듯 그 간판도 철수되어 있었다

5부

잃어버린 사람을 찾아서

사이렌

우리가 알게 모르게
쏟아내고 흘려보내던 것들과
여기저기서 은밀히 방류하던
출처 애매한 추깃물 같은 오물이
진득이 고여 있던 지하 하수구

어둡고 습한 그곳의 진창물에서
앞다투며 자라나던 각종 세균들이
밤낮 없는 번식력을 자랑하며 치밀고 올라와서
지상의 오물 질과 오랜 정인처럼 한 몸 되더니
그 세가 활활 번져가고 있다

그러다가 인과의 부메랑으로 돌아와서
불길한 힘을 연방 쏘아대던 탓인지
전염병 환자가 옴 오르듯 하고
삶과 죽음 사이를 진자처럼 오가는
응급환자를 실어 나르기에 바쁜 구급차

시도 때도 없이 윙윙 울리며
불안을 터뜨리던 날선 사이렌의
스산한 경고음이 빈 하늘을 채우면서
미세먼지가 어지러이 흩날리던 도로 위를
가쁜 숨 훅훅 몰아쉬며 질주하고 있다

그토록 찬란한 빛이었건만·1

온 천하를 손아귀에 걸머잡고
쥐락펴락하며 천하를 호령하던 존재로
예전엔 그토록 찬란한 빛이었건만
이제는 높은 담장의 철창 안에 유폐되어
웅크리면서 초췌하게 연명하고 있다

허무의 바닥에서 뒤틀리고 쪼그라들어
구차한 너무나도 구차한 삶을 이어가며
피보다 진한 눈물을 글썽이다가 삼키면서
공중을 훨훨 날아다니는 자유로운 새들을
부러워하던 날들이 어디 한두 번이었던가

예전엔 그토록 찬란한 빛이었건만
이제는 갇힌 몸으로 수인번호를 달고
무상과 허무를 수도 없이 읊조리며
가슴 치고 울분을 토해보던 날들도
수없이 흐르고 또 흘러가고 말았다

바뀌는 계절 따라 새로이 오는
그날에 기대어서 인신이 자유로울
환한 소식을 기다리고 또 기다려 봐도
기다림마저 허망하게 무너져 내리는데
하릴없는 궁금증만 모이고 쌓여간다

그토록 찬란한 빛이었건만·2

헝클어진 잡초 밭에서 환히 핀 목련으로
또한 군계일학으로 우뚝 솟아나서
그토록 찬란한 빛이었던 그들
우리의 내적 갈망을 그러안고 점화하며
공정과 정의의 표본이던 그 말씀마다
목마른 생명체의 시원한 활력소였다

하지만 이성은 멀고 탐욕은 가까워
남에게는 추상같이 금하던 부정한 일들도
정작 본인들은 손쉽게 금기들을 깨고
허위 날조하여 잇속을 채우던 사실들이
비밀의 문틈으로 슬슬 새어나오고 있었다

그들이 쏘아올린 광이 나던 말들은
모두가 어딘가로 달아나다 붙잡혀
공허한 헛소리로 말빛만 가득한 채
궤변의 빛잔치를 벌이려하지만 이내 바닥나서
스스로가 파놓은 그 함정으로 빠져들었다

허명의 빛 속에서 깨춤을 추며
스스로 도취하여 아성을 쌓아갔지만
그 성은 한갓 모래성에 불과했었고
한때는 그토록 찬란한 빛이었건만
그 빛은 그토록 허황한 빛이 되고 말았다

잃어버린 사람을 찾아서

품행이 반듯하고 말 또한 두고두고
어록이 될 만한 그 모든 표상이었던
그가 어느 날 가뭇없이 실종되어
어느 곳에서도 더는 볼 수가 없었다
그를 찾는 전단지가 방문처럼 나붙어도
아무런 징후도 없이 소식조차 감감한
그를 찾아서 급기야는 모두가 나섰다

특히나 심신이 메마르고 고달플 때면
말과 행동 그 모두 촉촉한 단비였던
그를 찾아서 사방팔방으로 헤매 봐도
갈수록 실낱같은 희망마저 달아났다
그렇게 한때를 풍미하며
우리의 희망과 꿈으로 존재하던
잃어버린 그를 찾아서 모두가 허덕였다

그러던 날 사람들의 놀라움과 웅성거림 속에
추레하고 무언가에 쫓기듯 그가 나타났다
허언과 위선의 가면이 벗겨지고
그의 진면목이 속속 드러나면서
허위의 장본인이었던 그 자신도
그의 모래기둥에 기대려던 우리 모두도
가득한 혼돈 속으로 빠져들고 말았다

또 다른 세상

이다지 우울하고 착잡한 시대에
극한 혐오의 경연대회에 출전하여
금메달을 따내려 각축전이 한창인
그들의 비릿한 면면들을 보고 듣노라면
그야말로 이전투구의 학습장과 진배없다

수시로 색을 바꾸는 카멜레온 얼굴에다
여러 개의 입을 달고는 그동안에 길러온
갖가지의 온갖 전략전술을 총동원하며
저 거창한 목표를 향해 오르다가
굴러 떨어져도 또 오르려 용을 쓴다

한때는 서로의 단합된 힘을 과시하며
살아도 같이 살고 죽어도 같이 죽자던 그들이
이제는 뿔뿔이 흩어져서 각자도생의 길로 나서며
차라리 진흙탕의 격전지에서 피투성이가 될지언정
운명적인 일을 도저히 거스를 수 없다는 것이다

세상을 읽으며·1

세상의 미로는 한없이 길고
미궁은 더욱 복잡한 그곳을
우리는 쫓기듯 헤매면서 살아간다
들어 눕고 일어서기하는 삶의 모습들과
푸다닥거리는 갖가지 생활의 소리들이
우리를 따라나서며 보이고 들려주려 하네

어딘가로 아득히 흘러가는 사람들
어딘가에서 흘러드는 사람들 중에
서로의 반사경과 시절인연이 되다가
또 다른 인연으로 어딘가에서
맺으며 지며 오고가고 하면서
삶의 무수한 음영을 만들어갈 것이리니

이래저래 함께 흔들리고 휩쓸리며
세상의 허허바다에서 살아가는 우리
때로는 헤살을 부리는 세상의 도처에서
삶의 뿌리도 근간도 뽑혀 흩어져 버리지만
뜨겁고도 시린 저마다의 발자취를 새기며
삭지 않고 남아있을 삶의 감동을 만나야 하리

세상을 읽으며·2

꽃구름 명지바람에 환한 희망을 실어보기도
먹구름 소소리바람에 맥없이 주저앉기도 하는
세상사 그 무엇 하나 쉬운 게 없어라
사람들과 어울려 서로 토닥거리고
그런대로 사는 듯이 살아가다가도
돌아서면 말짱 도루묵일 때면
초라한 마음에다 그늘이 어룽지지만
그렇게 파도타기 하면서 흘러들 가네

아옹다옹하며 살아가는 세상사라
늦더라도 늦지 않은 듯이
이제라도 귀와 마음을 열어가며
세상의 또 다른 곳에서나
또 다른 삶에서 전해오는
그 어떤 굴곡진 이야기도
비키지 않고 그대로 받아들이며
따스운 가슴으로도 들어보려 하네

세상을 읽으며·3

세상의 한편에서는 멀쩡한 것도
갈아엎고 허물며 생색을 내려다가
오히려 긁어 부스럼을 만드는 얼간이들이
입 싹 닦고 놀아나서 의리를 다짐하며
판을 치는 곳도 더러는 있기 마련

어지러운 놀음에 아싸 가오리
아자 아자 파이팅을 외치다
얼씨구절씨구 뭉쳐서는 눈덩이처럼 굴리고
서로의 울타리로 한솥밥을 먹으며
단단하게 얽히고설켜 돌고 돌던 곳

그곳 그들의 놀이터에서 불어오던
역겹고 휑한 위선의 강풍이 지나간 후
언젠가는 도래할 따뜻하고 맑을 때를
차분한 마음가짐과 희망으로 기다리며
한 시절의 끝자락에서 서성이고 있다

군중 속의 남자

녹슬어간 인생이 바닥까지 내동댕이쳐져
정신은 이미 증발해버리고 텅 빈 육신만이
바스락거리다가 자신의 진짜 얼굴은
일찌감치 잃어버린 채 굴러다니는
가면을 주워 덮어쓰고 살아가고 있다

이런 저런 이유로 낡고 닳은 얼굴을 숨기고
넝마조각이 되어 너덜거리며 연명한다
그 누구도 알아보지 못하는
가짜 속의 자신에 길들어지면서
어떤 행동에도 일말의 주저함이 없다

도도하게 흐르는 세월이 지나간 자리에서
거리의 떠돌이로 여기저기 휩쓸려 다니다가
안에서 스멀거리던 고름 집 같은 충동 때문인지
더러는 고함을 냅다 지르는가 하면
희한한 쌈박질도 일상이 되었다

은성한 도시의 샛길이나 대로변의 한편에서
병나발을 불며 술을 마시다가 요의를 느끼면
더러는 행인들이 드나드는 곳에서도
스스럼없이 방뇨하며 가림막 없는
모습을 내보인지도 한참을 지난 일이다

찾아보면 일상의 곳곳에 흩어져있는
새벽녘의 여명 같은 소소한 기쁨이나
안온하게 감겨드는 멋진 저녁을
놓치거나 저 멀리 날려 보내 까마득하고
아무에게나 자부랑거리는 망나니가 되었다

인생을 희롱하며 번개춤을 추다가
맑고 환한 생활은 오래 전에 떠나고
나머지 삶도 미리 앞당겨 탕진하면서
뿌리까지 뽑힌 채 흐물흐물 살아가다가
마침내는 거리의 떠돌이로 전락하고 말았다

그 마을의 사건·1

8월 오후의 한창 강렬한 빛을 보며
오랜 세월이 지난 이제야 그보다 진한
그해 여름의 피 냄새를 떠올려본다
앞에는 맑은 실개울이 흐르고
뒤에는 야트막한 산들이 어깨동무하며
자리하고 있던 오랜 반촌 마을이었다

그 고즈넉한 촌락이 깊은 잠에 빠지고
흔하디흔한 개 짖는 소리도 뚝 끊긴 밤
날선 섬광이 번쩍하여 도깨비불인가 했더니
한 가장의 삶이 바로 절단 나면서
빼곡히 자라나던 야생초 무리가
질펀하게 우거진 풀밭에 버려졌다

어둠이 걷히고 동녘이 밝아오면서
죽음의 스산한 피 냄새를 맡은
개들이 요란하게 짖어대고 뭔가의
낌새를 알아차린 재바른 사람들이
야생화 꽃망울이 벙글던 곳으로
삼삼오오 모여 들며 웅성거리기 시작했다

아침 해가 솟을 때 경찰차가 들이닥치고
제복 입은 경찰들이 부산하게 움직였다
진초록 다북쑥이 빽빽이 우거지고
샛노란 도꼬마리꽃이 한창 피어나던
야생초풀밭 속에 버려져 피에 엉겨있던
시신의 인적사항이 이내 밝혀졌다

서로 거래를 트며 무난히 지내다가
돈과 관련되어 화를 자초한 사건임이
밝혀지는 데는 오래 걸리지 않았다
마을 사람들은 그 사건에 경악하며
녹록치 않은 인생살이에 대해
몸서리치고는 가슴을 쓸어내리고 있었다

오래된 고부 이야기

합각머리 지붕 아래에 담이 빙 둘러싸 있던
고즈넉한 집에는 겉보기완 생판 다르게
청상의 시어머니가 젊으나 젊은
며느리를 향해 쌍심지를 켜고 덤비던
서슬 퍼런 질투가 밤낮으로 자라났다네

지아비의 발걸음이 향하던 곳의
지어미 방으로 가는 마루 위에는
밀가루를 구석구석까지 뿌려놓고
온밤을 감시하며 새하얗게 지새우던
그 세월이 구만리 장천에도 닿았으리니

어쩌다 동침하다 들키는 날이면
며느리 머리채를 잡아서 질질 끌며
손찌검을 하다가 갖은 육두문자를
동이동이 쏟아 붓던 시어머니의 심술자리는
며느리 밑씻개 풀의 전설 속 시어머니 윗자리

그렇게 서방님을 생짜로 앗긴 채로
생 과부댁이 되어버린 그녀의 몸은
골수에 사무치는 한과 함께하다가
그 어떤 생명체도 잉태할 수 없는
불모의 몸으로 시들어가고 말았다네

입양한 딸이 장성하기도 전에
이 세상과 작별한 며느리보다
곱절로 살고 있던 노친네의 모습이
반쯤 열린 대문으로 언뜻 스칠 때면
골수까지 엄습하는 냉기에 진저리쳤다네

싸움판과 구경꾼들

육교 위에는 사람들이 둘러싸서
몇 겹의 울타리를 만들고 있었다
고슴도치와 뱀으로 호객하는
거리의 약장수가란 생각이 스칠 때
울타리 너머 한 걸인이 눈에 들어왔다

붉은 핏자국이 회색바닥에 엉겨붙어있었고
할퀴고 찍힌 몸뚱이와 구겨진 양은그릇이
오랜 부부처럼 나란히 누워있었다
몇 발짝 뒤로는 또 한 걸인이 뻗어있고
찢어지고 남루한 옷자락이 휘휘 날렸다

싸움에 전염된 구경꾼들이 진을 치고는
북받치는 야릇한 힘에 겨워서 씩씩대며
주먹만 한 말들을 주고받던 육교 위에는
마침내 피를 청해오는 구경꾼들로 넘실거렸고
비릿한 야생의 열기가 염병처럼 번져나갔다

그 마을의 사건·2

야트막한 산을 빙 두르고
농가의 집들이 띄엄띄엄 서 있던 산촌에서
그 집은 은근히 부러움을 사고 있었다
살림살이에도 자르르 윤기 흐르던
그곳의 안락과 풍요가 눈에 찼다

꼴머슴에서 기둥 같은 머슴으로 살다가
성실근면이 신분상승의 배경이 되어
뼈대 있는 집안의 규수와 결혼도 했다
이후 안락한 모범 가정으로 자리 잡았고
마을 이장이 되어 입지의 발판도 마련하고 있었다

그렇게 매사에 힘이 실리던 중에 어쩌다
포구의 여인을 만나 남몰래 정을 통하며
알콩달콩 새로운 삶을 맛보던 어느 날
생떼 같은 마누라가 교통사고를 당해
느닷없이 불시에 사망하고 말았다

봇물과 같은 애도가 이어지다가
망자는 하릴없이 언덕배기에 묻히고
홀아비가 된 이장은 그 정인과

서둘러 결혼하여 전처의 빈자리를 메웠다
사람들은 이 일을 두고 이죽거리고 있었다

빨리 끓는 물이 빨리 식는다고 했던가
살짜기 만날 때와 부부로 살 때의
짜릿한 스릴과 재미가 사뭇 달랐던지
아싸리판 같은 싸움이 달궈지면서
이들의 불화가 담장을 뛰어넘어
점점 사방으로 퍼져나갔다.

세간살이도 야금야금 축이 나고
부부 간에도 뭔가가 낀 듯 삐거덕거릴 즈음
번갯불같이 번쩍하는 어떤 낌새에 사로잡혀
염탐하던 그가 대처에서 외간 남자를 만나
놀아나던 그녀의 행실을 알게 되면서부터
둔기를 마련하여 잘 보관하고 있었다네

하루해가 서산마루에서 기울어 가고
마음의 긴장도 슬슬 풀어져서
열화 같은 분심이 점점 끓어오를 때
치정에 넋이 나간 채 시치미를 떼며
악다구니하던 그녀의 정수리를 향해
가슴에 품은 둔기로 내려쳤다 하네

얼마 후 그 자신도 자해하여
쓰라리고 굴곡진 생을 마감하고
이승에서 잘못한 죄를 용서받기 위해
전처가 미리 가서 기다리던
저 먼 나라로 달려갔다네

오랜만에 그곳을 지나치다 보니
예전의 알토란같던 충만은 간 데 없고
이리저리 뜯겨나가 텅 빈 축사에다
뿔뿔이 떠난 자리를 홀로 지키며
퇴색한 대문 안에 갇혀있던 그 집이
붉은 눈자위 같은 석양을 머금고 있었다

먼 길

자칫하면 방향을 잃어버린 채로
한참이나 더듬거리며 오도 가도 못하던 길
뭔가에 쫓기듯이 거품 물고 달려왔던
까마득하고 쉰내 나던 날들을 뒤돌아보며
늦게나마 이제는 쉬엄쉬엄 가려고 하네

오랫동안 불 꺼진 아궁이와 같은
썰렁하고 착잡한 우리네 삶 속에서
부대끼던 그 많은 소요를 지나온 후
한결 깊고도 맑은 고요를 청하면서
자신을 살려내고 스스로를 지키려 하네

해설

시인의 사랑이 닿은 곳

김성렬

국문학박사, 문학평론가

해설

시인의 사랑이 닿은 곳

김성렬

국문학박사, 문학평론가

    우리 옛 설화인 「지귀(志鬼)설화」는 그 애절한 사연과 기이한 전개에서 빼어나다. 선덕여왕을 너무도 사랑한 지귀가 상사병으로 몸이 말라 죽을 정도가 되자 이 소문을 듣게 된 선덕여왕이 영묘사 행차 시 만남을 허하였으나 기다림 중 잠깐 잠이 든 탓에 여왕이 팔찌 하나만 남기고 가 버려 몸에 불이 나 타죽고 말았다는 것이 지귀설화이다. 『삼국유사』에서부터 조선조에까지 이어진 이 신이담(神異談)의 비현실적 낭만성은 우리에게 여러 가지 흥미로운 상상력의 단초를 제공한다. 대체 선덕여왕이 얼마나 아름다웠으면 한 남자가 짝사랑으로 몸이 불타 죽었을까? 지귀라는 인물은 얼마나 여왕을 사랑했기에 몸에 불이 났을까? 이름은 왜 하필 지귀(志鬼)였는지?

    낭만적 사랑과 비현실적 기이함이 뒤섞인 이 설화를 필자는 시인의 창작열―창작에의 열정을 유비(類比)한 스토리로 바꾸어 읽는다. 모든 창작을 가능케 하는 에너지원은 리비도에 있다는 프로이트의 담론, 존재의 단절과 지속성을 에로티즘으로 승화한다는 바타이유의 담론은 낭만적 사랑과 창작의 열정이 동일한 지점에서 비롯한다는 우리들 인식의 오랜 근거이다. 이런 맥락으로 볼 때 지귀는 시인이요, 선덕여왕은 시인이 묘파하고자 하는 아름다움의 대상–오브제이다. 선덕여왕은 아름다움 그 자체라 할 만하고 그 아름다움에 들렸으나 그 아름다움을 차마 일체화하지 못한, 달리 말해 형상화하지 못한 데서 오는 심화를 몹시 앓아 마침내 죽음에 이른 사람이 지귀라 하면 그리 터무니없는 해석도 아니지 않겠는가.

　나는 조동숙 시인이 상재하려는 이번 시집을 읽고 이 설화를 떠올리지 않을 수 없었다. 시라는 장르는 에너지의 소모가 많은 장르이다. 언어가 갖는 관념성·논리성에 음악의 리듬과 신명을 실어야 하며, 이미지 포착을 위한 직관적 비약과 통찰, 총체적 구성력 등을 함께 갖추어야 하기에 지력의 소모가 만만찮은 작업이 시 창작이다. 그러므로 '도대체 어떠한 사랑 또는 못다 한 열정이 이미 세 권의 시집과 두 권의 연구서, 자기계발서, 인문교양서로 일곱 권의 책을 낸 이 시인을 다시 서탁 앞에 앉게 하였을까'라는 의문을 갖게 된 것은 자연스럽다 할 것이다. 이 해설은 이러한 의문에 따른 답변을 차근히 푸는 과정이면서 시집에 곱게 쟁여있는 언어적 축조물의 비밀을 안내하는 과정에 해당한다.

1. 반가(班家) 여인의 수줍은 엿보기

　필자가 이 시집을 정독하면서 우선 흥미로웠던 것은 시의 제목이자 1부의 제목인 '대낮에 엿보기'라는 언어 조합이다. 무엇을 엿본다는 것인가? 대단한 관음(觀淫) 벽이나 있는가 싶지만 그런 요사한 혐의는 시가 그리는 풍경에 허탈을 금치 못할 것이다. 시인이 엿본 것은 다름 아닌 여름날의 어느 하루, 시원하게 불어오는 바람에 흩날리는 빨랫감들이다. "그을음이나 곰팡내 나는 탁한 일상"이 말끔히 씻겨간 맑은 날, 옥상의 빨랫줄에 나란히 널린 빨래들이 그동안의 찌들고 음습한 곳을 벗어나 "목청 좋고 달짝지근한 바람이 불어오면/쟁이고 싸였던 억하심정도 내려놓고/한바탕의 분방한 춤판을 벌이"는 것을 시인은 엿보았다는 것이다. 묘사한 장면 자체는 그야말로 탁한 일상을 말끔히 씻어줄 한 폭의 수채화에 버금갈 만한데 왜 이처럼 소박한 공명(共鳴)의 장을 시인은 굳이 엿보았다 한 것일까? 다름 아니라 시인이 엿본 것은 빨래의 '춤바람'이기 때문이다. 그리고 사실 춤바람은 빨래가 피운 것이 아니라 시적 화자 속에 숨어있는 충동이자 신명이라 할 것이다. 춤바람은 쟁이고 싸였던 억하심정을 풀어주는 매개이다. 그러므로 춤추는 빨래는 시적 화자의 내면에 숨은 춤바람을 빨래에 의탁해 드러낸 객관적 상관물(objective correlative)이라 할 만하다. 어찌 보면 이 정도의 소박한 디오니소스적 일탈을 엿보기 하는 시적 화자로부터 우리는 이 시인의 감성과 공명의 기원이 어디인가를 헤아리게 된다.

이러한 기원을 잘 알려주는 것이 「새해의 기도」이다. 이 시편에서 시적 화자가 기도하는 새해의 소망은 소요와 혼미의 흐린 기운을 거두고 "당신의 세계 속에 마련된 하얀 길"에 드는 것이요 "켜켜이 쌓인 미혹과 미련을 박차고 나갈 수 있는 용기"이며 "순백의 눈꽃/그 처음 같은 떨림과 벅찬 희열"이다. 시인은 새롭게 열리는 해에 순백의 세계 또는 하얀 길로 표상된 순수와 진선(眞善)의 세계가 펼쳐지기를 기도하고 그 길로 나아갈 수 있는 용기를 기원한다. 삶의 만단 곡절을 경험했을 터인데도 아직도 이처럼 무구하고 순백한 세계를 기구하는 시인의 기도는 놀랍다. 물론 시인이기에 그러한 기원을 유지할 터이지만 조동숙 시인이 근거한 마음 밭의 또 다른 원천을 아는 나로서는 일면 그렇게 놀랍지만은 않다. 필자는 조동숙 시인이 언어를 다루는 지귀로서 공력을 들여 빚은 축조물인 『나는 말하지 않으리』(서정시학, 2014)에서 시인의 마음 밭을 눈여겨 본 적이 있는데 그것은 바로 흰 모시 적삼을 입은 우리 전통적 반가의 여인이 가지는 심성 혹은 정서이다. 이 시집에서 시인은 "눈 시리던 세모시/(……)/여름 품은 한산 모시옷 갖춰 입으시고/나들이 하셨다가 돌아오시던/어머니와 외숙모"의 고운 자태를 세심한 시선으로 추억하고, 함안 조씨의 고택* 마

---

* 아마도 시인의 고향 마을 고택인 듯하다.

당에 서 있던 "아득하고 하얀 봄으로 자리"한 노거수 목련나무를 그립게 소환하는 바, 이로부터 우리는 시인의 감성과 정서의 터전이 전통적 반가의 여인상으로서의 그것이라 추정하는 것이다. 이러한 심성은 이번 시집의 "흙과 돌이 서로 섞이고 어우러진/경남 산청군 남사 한옥 마을"에서 "유생들의 글 읽는 소리"를 상기하는 정동(affect)으로 재현되고 있기도 하다(「남사 예담촌」).

그러나 시인이 터전한 마음 밭은 이러하지만 시인이 그려내는 사람/살이, 시속의 면면들은 빨래의 춤바람을 엿본 데서 드러나듯이 소박하고 서민적이며, 자연과 생명에 대한 애틋한 사랑으로 넘친다.

2. 소외된, 작은 것들에 대한 사랑

조동숙 시인의 시집에서 우선 눈에 뜨이는 특징은 유년의 인물들, 또는 멀지 않거나 현 시점에 가까운 인물들에 대한 사실적 관찰이 많다는 점이다. 이들은 따뜻하거나 경계적인 양가적 시선으로 그려지고 있어 사람/살이에 대한 시인의 포커스가 어디에 놓였는지 약간 혼선을 초래할 정도이다. 그러나 이것도 꼼꼼히 보면 실은 시인의 사람에 대한 애틋한 사랑의 발로인 것을 알게 된다.

우선 시인이 가장 즐겨 머물고 회상하는 것은 유년 시절 추억 속의 소외된 삶이나 생명들이다. 시인의 추억은 "알금삼삼한 마마자국"이 있으면서도 꽃무늬 원피스에

리본 모양 허리띠로 한껏 멋을 내서 동네 사람들에게 희롱을 받던 '미녀 언니'(「미녀 언니」)를 소환한다. 날라리를 불며 아이들에게 풍선을 팔던 늙은 풍선장수도 그리움 속에 소환된다(「풍선장수와 아이들」). 이들은 한 아름의 그리움으로 선연하게 다가오는 추억 속 인물들이다. 그런가 하면 "입 널찍한 자색 고무 대야에 담겨져서/사람들의 손길만 닿아도 사시나무 떨 듯/몸을 움츠린 채 바들바들 떨고 있던 강아지들"(「봄과 강아지」)이 장사꾼들에게 팔린 뒤, 남은 강아지들의 울음소리에 "봄이 흠뻑 젖는다"고 생명이 약동하는 봄날의 애절한 아이러니를 그리기도 한다. 이들에 대한 사생(寫生)은 시인의 눈이 소외된 사람들, 또는 약한 존재들에게 유달리 향하고 있음을 알게 한다. "턱없이 높고 분주한 번화가 한 옆으로/엎드리듯 자리한 나지막하고 한가로운" 옛집의 고요와 충만(「도심 속의 옛집」)을 기리는 것도, 젊은 연인들이 카페의 통유리 창 앞에 마주 앉아 "황금기의 황홀한 설렘과/피가 도는 벅찬 기쁨을 누리면서/안팎이 투명한 통유리 창에다/그들의 이야기로 채워가"는 것도(「비오는 날의 카페에서」) 이러한 맥락이다. 요컨대 시인은 소외되고 힘없고 티 없는 맑은 생명들을 사랑하는 것이다. 그렇지만 이러한 생명 사랑도 어떤 부류의 존재들에게는 차갑게 거두어지는데 시인의 생명에 대한 양가적 시선이 엿보인다 한 것은 이런 연유 때문이다.

3. '잃어버린 사람'을 찾는 연유

시인의 생명과 시간에 대한 사랑과 애틋한 시선은 도
시의 삭막함, 그 속에서 무례하며 자기중심적이고 전락
한 삶을 사는 이들, 인간성의 모순을 드러내는 이들에게
는 유난히 싸늘하다. 이 시집 3부의 「도시의 이방인」 연
작 시편들이 그러한 시선을 선명하게 드러낸다.

'도시의 이방인' 연작 시편들은 주변을 아랑곳 않고 자
기중심적인 행위로 사람들을 불편케 하는 이들에 대한
작은 고발장이다. 공공도서관에서 땟국에 절은 옷을 입
고 잠을 자다가 도서관 종료 시간이 다가오면 복도에 비
치된 긴 의자에서 아예 사지를 뻗고 드러누워 자는 틈입
자(「도시의 이방인·1 −도서관에서」), 지하철 좌석을 독점하
고 다른 사람들에게 행패를 부리는 무뢰한(「도시의 이방
인·4 −긴 머리 남자」), 번화가의 한 모퉁이를 점령하고 술
판을 벌이다가 서로 싸움까지 하는 부랑자들(「도시의 이방
인·5 −부랑자들」)은 "일상의 무언가를 놓치고 살아가는 우
리에게 어떤 징후들을 상기시켜 주는" 인물들이다. 여기
서의 "어떤 징후"라는 것은 사람으로서의 도리 혹은 공
동체의 정신이 훼손되고 있는 현실을 지적하고 있는 것
으로 보인다. 시인은 이러한 연장선상에서 「도심의 뒷
골목」 연작 시편에서 "날마다의 삶이 토해내는 잉여물
과 잡동사니로 하치장이 된 도심의 뒷골목"과(「도심의 뒷
골목·1」) 날씬하고 멋들어진 외양이지만 함부로 담배꽁초

를 뿌리는 젊은 여성(「도심의 뒷골목·2」), 한때 퇴폐적 쾌락과 유흥으로 번창하던 곳이 코로나로 인해 몰락한 유흥가 등을 눈여겨 그리면서(「도심의 뒷골목·3」) "저마다의 영역을 차지하려 허접 쓰레기더미와/널브러진 부패물에 뒤섞여 아웅다웅하다가도/적당한 선에서 타협하며 공존 공생"(「도심의 뒷골목·1」)하는 우리들의 타락한 일상을 탄식한다.

특히 이 시집의 제목으로 삼은 5부 '잃어버린 사람들을 찾아서'에는 우리들 일상 속 이면의 부패와 방종을 개탄하는 시인의 비판적 시선이 동시대를 살아가는 정치인들의 모순과 부조리를, 그리고 환멸을 표명하는 지점에까지 이르고 있어 주목된다. 한때 권력을 누렸으나 명멸의 운명을 사는 인물들의 위선과 인간적 결함을 탄식하는 시선이 양각된 「그토록 찬란한 빛이었건만·1」과 「그토록 찬란한 빛이었건만·2」가 그러한 시편들이다. 한때는 "찬란한 빛"(「그토록…2」)으로 군림했던 이들이 오늘날 한갓 모래성이 되고 허황한 빛이 되고 말았다는 탄식을 하는 걸로 보아 현실 정치인들의 표리부동과 말의 허장성세에 대한 시인의 실망과 상실감이 컸던 것으로 보인다. 이러한 묘파는 시인이 이 시집의 머리말에서 표한 '인간들 제 나름의 불일치'라고 하는 우리 내면에 자리한 모순과 부조리에 대한 탄식과 궤를 같이 하는 것이라 여겨진다.

도심의 부란(腐爛)과 그 속의 자기중심적 무뢰한들, 위선적이고 모순적인 정치인을 개탄하는 정서는 앞의 생명 사랑과 모순되고 따라서 양가적인 듯 보이지만 그러나 사실 이는 전통적 반가의 여성이 희구하는 전아(典雅)한 삶의 갈구가 표명하는 진선한 사람/생명에 대한 기대와 그 기대가 충족되지 않는 데서 오는 상실감의 동시적 표현이다. 그러므로 "그의 모래기둥에 기대려던 우리 모두도 가득한 혼돈 속으로 빠져들"지만(「잃어버린 사람을 찾아서」), "사람들과 어울려 서로 토닥거리고/그런대로 사는 듯이 살아가다가도/돌아서면 말짱 도루묵일 때면/초라한 마음에다 그늘이 어룽지지만"(「세상을 읽으며·2」), "언젠가는 도래할 따뜻하고 맑을 때를/차분한 마음가짐과 희망으로 기다리며/한 시절의 끝자락에서 서성이"기를 마지않는 것은(「세상을 읽으며·3」) 선비적 개결과 전아한 삶을 희구하는 반가 여인의 심성이 도달하는 자연스러운 귀결이라 할 만하다. 다시 말해 도심의 불결과 무례, 시속의 부패와 위선을 비판하는 것은 이 시인의 인간에 대한 부정적 시선의 산물이라기보다는 인간의 도리와 품위를 추구하는 결곡한 심성의 산물이라는 것이다. 「그 마을의 사건·1」에 담긴, 돈을 둘러싼 피탈이나 며느리를 학대한 시어머니의 일화를 담은 시편, 「오래된 고부 이야기」도 이러한 마음결에 실린 우리들 주변의 안타까운 시속(詩俗)의 사생화들이다.

4. 삶과 자연 사랑이 닿은 달관의 자리

　이러한 맥락에서 나는 시인이 실상 종국적으로 내비
치는 지나온 삶에 대한 따뜻한 반추와 초탈한 마음의 자
세에 눈길이 머문다. 시인이 반가 여인의 심성과 정서의
소유자라 했지만 이러한 심성은 항상 사물을 탐색과 사
유의 대상으로 보는 시선으로 연결된다. "어둠의 심연에
서 눈 너머의 눈으로/평생토록 책을 읽고 글을 썼던 그/
그의 낙원은 바로 도서관이었다"(「보르헤스」)고 보르헤스
를 숭모하고, "가을을 데리고 따라와서는 조곤조곤/도
란거리며 한참이나 말을 걸어오"는 도서관의 사물함을
사랑하는 것은(「S도서관 사물함 앞에서」) 반가의 여인이 기
리는 선비적 개결과 탐구 정신의 산물이다. 그리고 이러
한 정신은 생명에 대한 사랑과 예찬으로 이어진다. 작
은 새들이 쌍쌍이 날면서 삶을 구가하고 호기로운 소나
기가 와작 짝 내리는 오후에 "한바탕의/화끈하고 농익
은 풍악소리"에 취하고(「오후의 유희」), "명경(明鏡)같이 환
하고 맑은 한나절/한창 물이 오른 나무들은/수많은 잎
을 꺼내서 어루만지고/후눅하고 기름진 다산의 땅"에서
"뭇 생명들의 옹알이"를 들으며(「생명의 향기」), 몹시 기다
리던 단비가 왔을 때 비를 맞은 연꽃에서 "물방울 꽃은
비의 초롱초롱한 눈망울/ 나무들의 영롱한 꿈 방울"(「꿈
꾸는 봄 −물방울 꽃」)을 보고, "도랑치마 입고 우쭐거리던
때/푸르게 열리던 나날들의 기쁨과/마음속의 꽃망울도

흐드러지게 피"었던(『세월의 저편』) 젊은 시절을 회억하는 것은 선비적 순수와 개결한 마음이 아니면 보고 들을 수 없는 자연의 아름다움이요 삶의 기쁨이라 하지 않을 수 없다.

이러한 생명 사랑, 자연으로부터 얻는 기쁨이 반가의 여인이 가질 법한 삶에 대한 전아한 법도로 매개됨으로 하여 시인은 다음과 같은 지혜에 이른다.

> 슬픔은 슬픔만이 오지도 않고
> 떠나갈 때도 그냥 가지도 않아
> 층층 애환이 서려있는 삶의 길
> 그 안에서 저절로 영글어진
> 보다 색다르고 오롯한 힘을 실어
> 슬픔은 그렇게 오고가는 것이려니

> ―「슬픔이 오고가면」부분

슬픔은 실상 우리 마음의 가장 순수하고 보석 같은 결정체임은 김현승이 그의 「눈물」에서 이미 갈파한 바 있지만 시인 역시 슬픔은 그 속에서 저절로 영글어진 오롯한 힘을 우리에게 선물하는 것이라는 깨우침을 우리에게 '선물'한다. 그리고 이러한 깨침의 연장선에서 시인은 "석양을 받아 붉은 물비늘로 반짝이는" 저녁 강에서 삶의 오랜 연륜을 거쳐 사위어 가는 시적 자아의 내면을 발견하고 생명과 자연의 동행을 수묵화처럼 그린 달관의 화폭을 보여준다.

> 아우르고 있던 따사로운 저녁 강
> 모든 소리를 지운 깊은 묵언으로
> 사위어가는 날의 끝자락을 향해
> 서로가 혈육처럼 나란히 누워
> 아득히 함께 흘러가고 있다
>
> –「동행 –저녁 강」부분

5. 시인의 사랑이 닿은 곳

나는 이 시집의 해설 첫머리에 지귀 설화를 언급하면서 지귀라는 이름은 어디서 왔을까 물었지만 그에는 답하지 않았다. 나는 이 이름이 중국 최초의 시에 내린 정의라는 『서경(書經)·우서(虞書)』편의 「순전(舜典)」에 나오는 "시언지(詩言志)–시는 뜻을 말한 것"**이란 규정과 무관하지 않다고 본다. 이 글의 서두에서 지귀를 시인의 유비라 했지만 언어를 다루는 시인이야말로 뜻의 귀신, 달리 말해 말의 귀신이라 할 만하니 나의 짐작은 더욱 근거를 얻는 듯하다. 이렇게 말하는 것은 조동숙 시인 또

**문학비평용어사전, 네이버 지식백과 https://terms.naver.com/
entry.naver?docId=1530392&cid=60657&categoryId=60657 참조.

한 그가 삶에서 얻은 여러 경험, 지혜와 통찰을 묘사하기 위해 언어의 조탁에 남다른 공을 들인 공력이 역력히 보이기 때문이다. 물론 이는 어느 시인이라도 마찬가지로 들이는 공력이지만 이를 각별히 언급하는 것은 시인이 자신을 둘러싼 세계와 사람살이의 면면을 그림처럼 그리는 데 남다른 공을 들이고 있는 듯해서이다. 달리 말해 시인은 마치 언어로 하나의 화폭을 재현하기에 남다른 공을 들이는 특징을 보여주고 있다는 것이다. 이는 삶에 대한 낭만적 열정과 호기심, 아름다운 사랑에 대한 동경, 아름다움에 대한 사랑을 잃지 않은 지귀의 사랑, 그것의 소산이다. 이 사랑이야말로 우리 모두가 도달하고픈 사랑이라 해도 허물이 없을 터이므로 나는 조동숙 시인이 우리의 사랑이 닿고자 하는 목적지에 성공적으로 도달했음을 언명하는 데 주저하지 않는다.

잃어버린 사람을 찾아서

조동숙 지음

발 행 처 · 도서출판 청어
발 행 인 · 이영철
영 업 · 이동호
홍 보 · 천성래
기 획 · 남기환
편 집 · 방세화
디 자 인 · 이수빈 | 김영은
제작이사 · 공병한
인 쇄 · 두리터

등 록 · 1999년 5월 3일
(제321-3210000251001999000063호)

1판 1쇄 발행 · 2022년 5월 30일

주소 · 서울특별시 서초구 남부순환로 364길 8-15 동일빌딩 2층
대표전화 · 02-586-0477
팩시밀리 · 0303-0942-0478

홈페이지 · www.chungeobook.com
E-mail · ppi20@hanmail.net
ISBN · 979-11-6855-039-1(03810)

청어詩人選 458

비우는 여행

김진길 제2시집

청어

비우는 여행

김진길 지음

발행처   도서출판 **청어**
발행인   이영철
영업   이동호
홍보   천성래
기획   육재섭
편집   이설빈
디자인   이수빈 | 김영은
제작이사 공병한
인쇄   두리터

등록   1999년 5월 3일
          (제321-3210000251001999000063호)

1판 1쇄 발행 2024년 8월 30일

주소   서울특별시 서초구 남부순환로 364길 8-15 동일빌딩 2층
대표전화 02-586-0477
팩시밀리 0303-0942-0478
홈페이지 www.chungeobook.com
E-mail   ppi20@hanmail.net

ISBN   979-11-6855-274-6(03810)

충청북도   충북문화재단

이 책은 충청북도, 충북문화재단의 후원을 받아
예술창작활동지원사업의 일환으로 발간되었습니다.

비우는 여행

김진길 제2시집

가득 채웠던
욕심 배낭을 조금씩 비우니
가슴에 따뜻한 행복이 올라온다
마음에 가둔 맑은 향기
온몸에 천천히 스민다

비우는 길은 향기로워

2024년 가을
새수 김진길

가을
―아들 이기훈

봄엔 여름에게
싹 피우는 법을 배우고

여름엔 가을에게
풍성함을 배우네

가을이 되어
풍성한 잎이 시들해질 때쯤
나의 스승은 겨울이 되네

가을이 되어 봄에게
여름을 가르쳐 주는 게
쉬운 줄만 알았네

나의 엄마
—딸 이선아

살아가는 길에 넘어질까
길을 잃고 헤맬세라
곁에서 등불을 밝혀주고
나침반처럼 방향을 알려주며
힘들면 괜찮아! 쉬면 돼~~
포근한 간이 역이 되어준
영원한 멘트

무색천에 천연 염색하듯이
곱게 물들이고
수틀에 한 땀 한 땀
사랑의 수를 놓아
세상 밖에 펼쳐 놓아주신 사랑
엄마가 되고서야 깨달은 깊은 사랑에
오늘도 행복입니다

장독대
—손자 이지석(9살)

장독에는 무엇이 들어있을까
매콤매콤 고추장
맛있는 된장
짭짤한 간장
하얀 소금이 가득가득
할머니의 보물 항아리는
모든 것이 들어있다
할머니의 사랑도 들어있다

차례

2수 꽃 미소로 핀다

3수 행복한 긴 그림자

4수 내일을 속삭인다

5수 사랑으로 불살랐던 가슴

시평

발문

사랑을 품는다

잔잔해진 수면 위에
용서를 쓴다

채송화

보도블록 사이에 떨어진 씨앗
뾰족뾰족
비좁은 틈 비집고 숨어 핀 꽃

밟히고 잘려도 금세 뿌리내리는
희망의 풀꽃

여름이 오는 길목
꽃잎 위로 빗살 오르면
나비의 날갯짓이 나풀나풀
물감 찍어내어
꽃잎에 꿈을 불어넣고
참새들 휘파람이 어우러져
붓을 춤추게 한다
꿈꾸는 채송화의 수줍은 향기에
그가 웃고 있다

꿈꾸는 채송화

톡톡 터질 듯 봉긋하다
물을 머금고
납작 엎드려 있던 여린 싹이
거친 흙에 뿌리 내려
꽃을 담뿍 피운다
꽃잎들이 오색으로 날아오른다

울타리 안에서 누리는
삶에 푸근하고
작은 행복에 취해
열정으로 쏘아 올리는 자유
햇살 좋은 날 씨앗을 품고
따뜻한 꿈을 펼친다

채송화의 길

작은 씨앗을 터트려
바람에 날아가
여기저기 흩어져
강한 생명력으로
스스로 피어나 밭을 일군다

고달프고 험난하지만
사랑으로 아픔을 품어
행복을 가꾸는 밭이
아름다운 꽃길이다

말 말 말

손끝으로 던진 물수제비가
톡톡톡 물 위로 튀어 오르더니
힘없이 가라앉는다
잔잔해진 수면 위에
용서를 쓴다
던지는 순서와 방법이 바뀐
손끝이 안쓰러울 뿐
하루의 조각들을 이어 붙이며
곤한 잠을 밀어내며
가슴에 사랑을 품는다

말과 말 사이

주먹 안에 있는 것을 확인하려
옥신각신 한 치 양보 없이
자르고 붙이며 흘려보낸 시간
밤을 밝힌 가로등 불빛에 불면이 앞서고
말라 시들고 있는 귓속말이
서걱서걱 소리 낸다
손 등과 손바닥을 내밀어
엎치락뒤치락 줄금을 그어보며
얼어붙은 마음을
따뜻한 사랑으로 보듬는다

다섯 손가락사이로 활짝 핀 미소가
겨울 햇살처럼 가슴에 스민다

회오리 같은 말

오창 장날 사 온 작은 화분
나팔꽃 닮은 꽃 만데빌라(Mandevilla sanderi)
몇 년 사이 우쭉 자라
나날이 피우는 새로운 꽃
갑자기 불어온 회오리바람에
줄기는 부러지고 꽃은 바닥에 흩어졌다
송이송이 예쁜 웃음 주던 꽃

작은 말의 씨앗이 회오리바람을 몰아
꽃을 훑고 지나간 상처를
사랑으로 끌어안고 소생하길 다독인다

귓속말의 비애

정원의 아름다운 새소리가
갑자기 들리지 않는다
노화 돌발성난청 모두 오진이었다
청신경에 생긴 종양
왜 하필 나였냐고 울부짖었지만
받아들인 시간은 짧았다
머릿속에 뿌리내리기 전 제거했고
달라진 삶에 초점을 맞췄다

그래도 다행이다
반쪽 소리는 들을 수 있어서 감사하고
상대방 눈과 입을 바라보며 경청하고
살아있는 한쪽 귀로
소리를 모으며 조절하느라
한 톤 올라간 목소리
사랑에 속삭임 귓속말 들을 수 없는
후천성 장애로 살아가지만
절망을 희망으로 승화시키며
살아갈 수 있는 건 시를 읽고 쓰며
마음을 치유할 수 있어 행복하다

휘파람새

수십 년을 훌쩍 넘긴 그 인연
가을 햇살 눈 부시던 날
휘파람 소리 황금 들판 가로지르며
메아리친다
무인도에서 시작된 조건 없는 사랑
작은 영토에 한발씩 걸쳐놓았던
식객들과 버거웠던 삶
둥지 찾아 하나둘 떠나고
머물던 자리 거북이 등껍질 같다

둘이 아닌 하나로 심은
아롱다롱 꽃들은 천리향 가득하고
울타리 안에 행복과 불행은
오색 단풍 되어 쌓이고
한 곳만을 바라보며 견딘 세월
서로에게 의지한 채 느린 걸음으로
가을 길을 가고 있다

감정 조절

무쇠솥단지에서
푹푹 삶아지고 있는 씨암탉이
삼복더위의 쓴맛 단맛을 품고 앉아
찜질을 버티고 있다
욕심껏 품은 사랑은
뜨겁게 넘치고 있지만
쉽게 조절하지 못하는 감정선
불만과 섭섭함을
한 국자씩 덜어내고 나니
구수하고 진한 맛이 우러나고 있다

연화도의 원앙

통영에서 200리
부서지는 물살 앞으로 달려온
작은 섬 연화도

초록이 가득한 산비탈엔
누렁이 홀로 고삐 잡아 줄
주인을 기다리고
산사로 오르는 오솔길엔
핑크빛 수국 활짝 웃으며 향기를 날린다

부둣가 작은 벤치
빛바랜 원앙 한 쌍 긴 세월 인연에 묶인 채
메마른 시선으로 먼바다를 그린다

종일 뽕짝 음악에 맞춰 어깨 춤추는 그는
세월의 거센 파도에 맞섰던 멋진 마도로스
치매로 아이가 되고
건어물 팔며 곁을 지키는
노파 가슴엔 옹이가 박혀
빈 수레만 구르고
측은지심 바라보는 그들
언덕 저편 빛바랜 수국은 수평선 너머
그곳을 향하고 있다

모래시계

바닷가 모래밭
울긋불긋 인파로 가득했던 곳
처서와 함께 휑하다

파라솔 아래 앉아
먼바다에 스치는 영상들
물결 따라 뛰놀던 젊은 날을 그린다

작은 손으로
모래성을 쌓는 아이들 웃음에
갈매기 날아오르고
또 하나의 추억이
모래시계 초침을 타고 흘러내린다
석양은 파도를 감아
조금씩 얼굴을 감춘다

할미꽃의 기다림

양지바른 자리에 고개 내민 꽃
수줍어 얼굴 들지 못한다

바람이 머물고
빗살이 볼을 비벼도
눈 맞춤 못 하고 붉어지는 얼굴
임 향한 그리움에 숙인 머리 애처롭다

오랜 기다림에 지쳐 꼬부라진 허리
상기된 꽃봉오리는
하늘 한번 올려다보지 못하고
꽃잎을 떨군다
못다 한 말 못다 한 사랑이 아리다

코스모스 짝사랑

나른한 오후
차를 운전하고 목적지도 없이
주파수를 맞춘다

선뜻 떠오른 거기
그와 걷던 그길로 간다
늘 같은 길인데 다른 느낌이다

행복할 때
울적할 때
그리울 때
황금물결 바둑판이 눈부시다

잡초 무성한 길가
오색의 수줍은 미소
하늘거리는 눈빛에 답을 보내지만
고개 돌린다
우리 인연은 여기까지인가
바람 같은 인연

물길을 열어주다

태풍이 앙칼지게 대지를 휘감는다
공포의 시간이 지나면 멈추리

비바람의 소용돌이를 지켜만 보고 있던
여왕벌은 몸을 던져
무리를 보호해야 했다

꿀을 찾아 앞장서 헤맸고
투구에 방패 등골이 휘었다
주름 위로 흰서리 내리고
등은 활처럼 휘었고
무거운 양 날개는 비에 젖었다
빗물 고인 곳 물길 터놓고
제 몫을 다한 호수로 자리 잡았다
안도의 긴 한숨에 석양이 진다

맛있는 삶

역마살 낀 삶을 달려온
그 사람 앞에
온갖 짐이며 가시덤불은
그녀의 몫이었다

남편 그리고 아버지라는 이름으로
은퇴와 함께 가정으로 복귀했다

조촐한 식탁에 오순도순 모여 앉아
한잔 술 따르며 사는 게 맛나다며
가족의 행복한 얼굴이 안주란다

울타리 안의 소중한 꽃을
반백이 되어서야
사랑으로 바라보는 그 사람
두 팔 벌려 용서로 안는다

이별의 시간

아픈 다리 대신하여
원하는 곳은 어디든 가고
기분을 전환해 주던
너와 헤어질 시간이다

이별을 예감한 듯
깜빡이 신호를 보내고
허기진 초침을 끄덕여
마지막 배를 채워준다

생명 줄처럼 의지했던 지난 시간
늘 빈 의자를 내주어
포근함에 익숙했던 날들
꼭 잡은 핸들의 따뜻함이
손에서 가슴으로 전해지고
사이드미러엔 눈물방울이
추억으로 흘러내리고 있다

뿌연 안개 깊은 한숨을
워셔액으로 밀어내보지만
울컥 올라오는 서운함에
토닥이고 쓰다듬어주며
좋은 주인 만나거라 안녕~

흔적

쥐도 새도 잠든 사이
문밖은 바람이 손 흔들어
온통 하얀 물감을 뿌려놓았다
잠귀가 좀 밝았더라면
빨간 마음을 붓칠해 볼 걸
질척한 웅덩이는
아직도 살얼음판이다
따뜻한 가슴으로 녹이고 녹여도
진 땅은 하얀 색칠이 번진다
밤새 포근한 눈이 내려
다시 덮어주길 기다릴 뿐

뿌리 깊은 사랑

가을 끝 강변 갈대숲
푸석대는 은빛 머리 풀어 날리고
정겹게 몸을 부대끼며
사그락사그락 정겹다

허공 품은 자태는
잔바람에 흔들리고
이슬비에도 무겁게 젖지만
뿌리는 서로를 꽉 잡고 의지하며
저녁노을에 물들어가고
질긴 인연 줄 중심에서
사랑으로 우뚝 버티고 서 있다

샘물 같은 추억

푸른 시절 지난
갈참나무의 바스락거림이 아파
가슴 토닥여 감아놓았던
시계의 태엽을 푼다
구구절절한 이야기가
색바랜 낙엽을 떨구고
추억 속 단풍 져 있다
더듬더듬 한 잎 두 잎
가지런히 갈피에 꽂는다

깊이 물들고 있는
가을밤은
샘물 같은 그리움이다

꽃 미소로 핀다

뿌리 내렸던 작은 들꽃
해를 더하며 꽃밭 가득 자리하고

인생길

차창 밖으로 스치는 먼 산엔
이름 모를 화가의
붓칠이 시작되었다
너도 물들고
나도 물들고
푸른 잎은 더 푸르게
상처 난 낙엽은 고운 오색으로
자유분방한 붓끝은
인생길을 사랑으로 덧칠하며
완성을 꿈꾸는
미로를 헤맨다

가슴에 머문 꽃

한낮 따사로운 햇살이
누런 벼 이삭 위로 쏟아지고
영글어가는 가을이
땅에 닿을 듯 만삭이다

몇 해 전 하나 둘
뿌리 내렸던 작은 들꽃
해를 더하며 꽃밭 가득 자리하고
사시사철 꽃 미소로 피었다

망울진 예쁜 꽃은
때가 되면 시들어 떨어지지만
詩로 활짝 피운 꽃은
단단한 열매 맺어
향기는 첫사랑처럼 피어난다

기다리던 첫가을
뜨락 위에 살포시 놓인 꽃신 하나
주인을 기다리며 설렘으로
긴 밤을 잡고 있다

기다림

아직
피어오를 때가 아니다
납작 엎드려라
이슬방울 마르거든
눈치 보고 꽃대 올려라
가슴 가득
그리움이 피어오르게

슬기로운 격리

기차 화통 같던 목청은 모깃소리가 되어
땅속으로 기어들어 간다
방호벽을 치며 몇 년을 버틴 체력은
면봉 하나에 허물어져
접근 불가 빨간 줄을 친다
물에 젖은 솜이불처럼
피로는 빨려 들어오고
술래에게 쫓기며 가렸던 입은
세끼 밥 먹는 거 빼고는
포로가 되어 순종한다
몸의 열기는 조금씩 식어가고
목에 붙은 집착도 헛기침으로 털어낸다

깊은 꿈속으로 빠진 지 1주일이
몇 년의 휴식 같다
이불 모서리 틈으로
개운한 해방이 들어와 일으킨다
이렇게 아픈 사랑 두 번 다시 하지 않으리
앵두빛 입술 꼭 깨문다

노각

긴 가뭄에
가시만 앙상히 세운 덩굴엔
꼬부라진 오이가 댕글댕글 매달려
혀를 내밀고 있다

푸르던 청춘은
자식에게 한 방울씩 흘러 나가고
견딘 세월만큼
단물 쓴물을 가득 품은 누런 노각은
속살 감추며 종자를 품고 있다

새순을 비집고
샛노란 웃음꽃이 고개 내밀어
소금 한 줌 뿌리니 품었던 수분
아낌없이 쏟아낸 깊은 맛은
어머니 사랑처럼 쫄깃하다

장밋빛 인생

비바람 견디며
단단한 꽃망울 맺는다
견디면 견딜수록
더 탐스러운 꽃을 피운다

자연에 순응하며
피우고 씨앗 맺는다

불피운 사랑은
담장을 오르고
꽃의 속삭임에
인생 2막을 연다

오르는 길

키 큰 감나무에
주렁주렁 열린 빨간 감 사이로
검푸른 호박 하나 매달려 있다
너도 푸르고
나도 푸를 땐 몰랐던 모습
그곳에 오르면
감처럼 익을 수 있을까
감나무에 호박이 예술이다

주제를 모르는 호박
힘들게 기어 올라 감의 기운을 받고
달콤한 감 맛이 밴 단호박
푸르러도 속은 달콤하리다

가을 오는 길목

빗줄기가 자작자작 적시는 밤
새벽녘이 돼서야 떠나는 여름에
발걸음 소리가 질퍽거린다
아침 햇살은 긴 더위를 밀어내고
제 몫을 다한 흐드러진 꽃들은
마지막 향을 뿜어 올리며
짙은 색깔로 꽃 피우고
대궁에 매달려 있다
갈바람에 물들어가는 잎새는
쓸쓸하게 등 돌린 여름을 배웅하고
작은 굴속엔 다람쥐가
물어다 놓은 사랑이
곳간에서 옹기종기 만삭이다

격리

울도 담도 없는
평화로운 보금자리 뜰에
빨간 쌍둥이의 금줄이 처진다

이고 지고 온 풍요로운 사랑들이
울 밖에 가득하지만
누구도 선뜻 발을 들여놓지 못하고
귓전으로만 들을 수 있는
그립고 사랑스런 목소리들

열린 문틈새로 설핏 보이는
한 상 가득 차례상이 쓸쓸하다
보름달도 구름 속에 숨어
긴 꼬리로 빛을 털어내고
가을밤 불청객은
별똥별로 하나 둘 사라지고 있다

깨어있는 시간

거친 빗소리에
선잠으로 뒤척인 밤은 길었다
살아온 시간과
살아갈 시간을
줄자로 재어본다

늘렸다 줄였다 반복하며
후회와 절망에
시간을 앞서는 희망과 설렘으로
청춘을 가득 채웠던 행복에 밑줄 긋는다

밤을 불태운 작은 창으로
밝은 햇살이 긴 장마를 밀어내고 있다

8월 찜통더위

낮엔 폭염
밤엔 열대야
필요한 건 푹 꺼진 소파와
TV 리모컨
에어컨 리모컨
선풍기 리모컨
손만 뻗으면 잡히는 휴대폰
탁자엔 한 권의 책과
커피 한 잔
노인의 피서법이다

성급한 선택

처서가 오기 전 세 번은 순을 쳐야
꽃이 풍성하다는 국화
가위 사이를 좁히는 파란 비명에 손을 멈추니
작은 꽃망울들이 샛노랗게 질려있다
그리움이 얼마나 간절했던가
하늘 향해 터트린 노란 그리움이
망울망울 피어오를 즈음
뻐꾸기 애달픈 울음 하늘에 닿았나
구월의 기다림이 무색하게
칠월에 활짝 피운 너의 속내는 뭘까
일찍 피운 꽃 떡잎 질까 두렵다

가을은 아직 멀고 먼 보고픔에 목마르고
꽃밭 가득한 너의 향기
가슴에 밴다

펴지 못한 우산

햇살 한 줌 주지 않고
웅크리고 있던 먹구름이
묵은 체증을 확 쏟아내고 있다
우산을 준비할 시간도 없이
빈 몸뚱이는 그대로 산성비에
흠씬 젖는다

달구어진 바닥으로
쏟아부은 빗줄기에 지열이 올라와
발끝부터 가슴까지 후끈거린다
엄지 발끝을 세워
쌓였던 찌꺼기가 씻겨 내려갈
도랑을 만든다
세찬 빗줄기가 깊게 판 웅덩이
비가 멎으면
너럭바위처럼 단단히 다져지리라

능소화의 기다림

척박한 담벼락으로 오른다
몰아치는 비바람도
따가운 눈총도
아랑곳하지 않고 오르고 올라
담장 너머
임을 향한 미소를 짓는다
어둠이 지나고
날이 밝아오길 기다리며
향기 짙은 주홍색은
그리움을 가득 채운
보내지 못하는 사랑
소리 없이 꽃잎을 떨군다

꽃잎 젖은 유월 장미

오월에 핀 붉은 장미는
담장을 불태우고
줄기 마른 흰 장미는
꽃잎 떨군다

빗살에 젖어 든 빈자리
문틈으로 슬픔이 배어든다

비바람에 상처 난 갈색 꽃잎은
떨어져 흔적 없이 흩어지고
활짝 피우지 못한 흰 장미는
옛사랑 되어 유월 가슴에 머물고
꽃잎 진 허공에 별 되어 떠오른다

대화

봄에 문을 열어볼까
빼꼼히 머리 내민 후리지아
정수리에 살얼음이 누른다
향기 시샘하려 추위가
삽작거리에 머물고
혹독한 추위와 외로움 속
밑뿌리는 봄을 향한 대화를
꿈꾸고 있었다

따뜻한 한마디에 꽃대는
고개를 내밀어보지만
아직은 삼동(三冬)

내가 널 사랑하려는 건
봄을 준비할 시간이 필요해

엄마의 봄날 2

철쭉 영산홍 흐드러지게
핀 정원에
비바람 견딘 빛바랜 꽃 한 아름
양촌 뜰에 인생 향기 가득 퍼지고
8학년 7반 소띠 친구 다섯 어머니들
깜짝 소풍이다

향기 짙은 꽃도 예쁘지만
소나무처럼 살아오신
세월의 진한 향이
초록의 잔디 위에 퍼지며
맛난 안주와 한 잔 술은
또 하나에 지워진 번호를 그립게 하고
주름살 사이로 곱게 물드는 노을처럼
엄마의 봄날은
즐거운 소풍으로 또 하루를 지우고 있다

그의 그림자

긴 세월 왼쪽 그림자는
열지 못했던 문틈 새로 여린 손 내민다
종이꽃처럼
바스락거리는 꽃잎을
품에 안아 보듬는다
작은 흐느낌은 봇물 되어 가슴을
훑고 지나간다
빛없는 그곳에 작은 햇살을 기다리며
동동 구른 발바닥은 갈라지고
그 아래 시꽃이 몽글몽글 피어오른다
사랑의 마른 줄기는
간신히 고개를 세운다
나 하나 사랑이 아닌
모든 문학인을 사랑한 죄
무엇으로 위로가 될까
힘내고 걱정 마라
사랑한다

추억의 시골 다방

설렘 안고 들어서던 그곳
지하 계단 끝에서
맥심 커피 향과 벚꽃 향기 올라온다

낡은 갈색 탁자에
옛사랑이 머물고
청춘은 소파처럼 깊이 내려앉고
담배 연기처럼 몽글거리던 한숨
노른자 동동 띄운 쌍화차 한잔에
흩어지는 추억
빛바래 희미한 옛 그림자
지키지 못한 약속을 믿으며
활짝 피었던 벚꽃
가슴에 잠시 머물다 지고 만다

행복한
긴 그림자

지나온 발자욱은
행복한 긴 그림자와 동행하고 있다

긴 그림자의 동행

찬란했던 젊음은
세월 속에 빛바래고
지나온 발자욱은
행복한 긴 그림자와 동행하고 있다

지나온 길보다
가야 할 길이 가까운 길목에서
좋은 벗들과
소중한 인연 안고
외롭지 않은 여정은
노년을 향해 가고 있다

불면의 밤

꽁꽁 얼었던 가슴에서
녹아내린 빗줄기는
아린 추억으로 밤을 뒤척이고
하나 둘 소환되어 쌓였던 그리움은
새벽녘 첫 닭울음에 쫓겨
희미하게 사그라든다

계절 잊은 귀뚜라미
고장 난 달팽이관에 매달려
야속하게 울어대고
겨울 빗소리 정수리에 고여
쏟아질 듯 내려앉는 눈꺼풀
깊은 잠이 부럽다

낯선 그 길

쫓기듯 떠나버린 가을 뒷자락에
겨울이다
하얀 눈이 빗방울로 부서진다

차창에 기대고 있던 와이퍼는
몸에 밴 기억으로
빗살이 세차면
온 힘을 다해 움직여보지만
삐걱삐걱 비명을 지르며
푸른 시절을 그리워한다

뚱뚱 부은 두 바퀴는
늙어가는 낯선 길을 서로에게 의지한 채
속도를 줄이며 황색등에 잠시 멈추어
노년의 모습을 비춰본다

고봉밥 한 그릇

일 년에 한 번 그날만은
아버지 밥그릇에
하얀 쌀밥이 고봉으로 담겨있고
올망졸망 네 남매 밥상엔
퉁퉁 불은 끓인 밥이
태엽 풀린 배꼽시계를 멈추고 있었다
채워지지 않는 허기가
숟가락 부딪치는 소리 요란할 즈음
아버지가 입맛 없다며 남기신
흰쌀밥의 아픔을
부모가 돼서야 배운 조건 없는
사랑과 희생에 가슴 아린다

배고픔을 채우기보다
건강을 위해 칼로리 계산하며 먹는
오늘날 잡곡밥 한 그릇은
허기졌던 그 시절
고봉밥과 아버지를 그립게 한다

분리수거

실낱같은 인연을
싹둑 자른다
끈 떨어진 연
긴꼬리 돌리며 떨어져
구석에 처박혀 흔적 없다

빨간 풍선에 가득 채운 욕심은
어떤 타협도 귓전에 없고
돌발적으로 뒤죽박죽 쏟아내는
심 박힌 언어가 뒹구는 거리
바람 자길 기다려
종량제 봉투에 쓸어 담고 나니
작은 골목은
봄의 향기로
가득 채워지고 있다

인생 이모작

청룡의 갑진년 새벽
해맞이에서
참회와 소원을 기원한다
오늘따라
한 치 앞도 보이지 않는 안개비
동동 구른 발이 얼어
그냥 돌아온 구들방
설렘과 희망의 수많은 꿈
내일은 다시 밝은 해가 뜨리라

인생살이 한 치 앞도 볼 수 없지만
꿈을 품고 기다린다
새해 희망을 심는
늦깎이 농부의 도전이 멋지다

병원 가는 날

보내고 맞이한 날들이
해를 넘긴 첫날은
처음 가는 길처럼 낯설고 두렵다
희망과 두려움이 앞서거니 뒤서거니
초콜릿 같은 열두 달을
한 조각씩 잘라먹으며
달콤함에 빠져 시간을 잊고
자신을 돌보지 못하며 살아온 시간

초록 십자가 앞에
숙연해지고 죄인이 된다
소중한 내 몸에 안도하며 토닥인다
아끼고 사랑하리라

행복이 눈처럼 내리는 날

까치 한 쌍 요란스러운 노랫소리에
반가운 손님 오시려나
삽짝문* 활짝 열어놓는다

하늘에서
목화솜 꽃잎이 나풀나풀 내려앉아
이불 한 자락 깔아놓고
지난 고단함을 하얗게 덮는다

어느새
울타리 안에는 봄이 오는가
작은 요정 웃음소리 가득하고
눈덩이처럼 불어나고 있는 행복
가족의 사랑이
눈처럼 포근히 내려 쌓인다

* '사립문'의 방언.

함께하는 인연

일렁이는 잔 물살이 모아져
커다란 포말을 토해내고
밤이 되자 잔잔해진 물결 위로
파도는 힘겨웠던 순간을
감아올려 찌꺼기를 밀어낸다

옹색했던 삶
해풍을 막아주던 넓은 등은 간곳없고
바람에 스쳐 작아진 밴댕이 껍질만
앙상하다
젊음으로 그렸던 모래알 언약
세월도 씻어내지 못한 그 인연
토닥토닥 추억들이
질척한 어둠을 하얗게 덮고
허공에 하트를 그려본다
청솔가지에 쌓인 눈꽃
바람이 무거움을 덜어내고 있다

꽃피는 미장원

어깨를 부딪쳐야 지나갈 수 있는
좁은 골목길에 참새 방앗간이
분 바르고 고깔 쓴 하얀 광대들의
지지고 볶는 수다스런 웃음으로 채워진다

형님 아우 반갑게 잡은 손 가슴 녹이며
아껴두었던 넋두리에
헛웃음까지도 시원하게 쏟아낸다
깡통 구르는 소리마저 정겨운
겨울 골목 끝 길 담장 너머로
봄은 앙상한 줄기에 손 내민다

꽃샘추위

누군가 던진 돌에 맞았다며
소리 없이 동면에 들어가더니
입춘이라고
입을 떼고 얼음 깨고
꽃망울에 출싹 올라앉아 큰소리로
존재를 알린다

그러나 아직은
꽃샘추위가 도사리고 있는 삼동
언 땅 비집고 새싹 움트거든
활짝 웃으며 다가오거라

눈물꽃

수십 년 혹한을 견딘
옹이 자국 가득한 고목은
허연 껍질을 힘없이 날리며
봄의 문턱에 걸려 숨을 몰아쉬고 있다

겨우내 말랐던 목 축이려
생명수를 힘껏 끌어 올려 보지만
마른 줄기는 움직임을 멈추었고
가지 끝에 매달린 백목련 한 송이는
북쪽을 향해 고개 숙이고 있다

새 측으로 채워져야 할 가지엔
마지막 꽃잎 하나
인연 끈 놓지 못해 눈물 떨구며
갈림길에서 시간을 재고 있다

그리움이 그린 노을

황사 낀 하늘처럼
과로는 어깨를 누르고
안개처럼 바닥에 깔린 우울감이
천천히 햇살을 기다린다

서커스 하듯 질주하던 삶은
빨간 신호등 앞에 멈추어
초록의 십자가에 안겨서
안도에 쉼을 갖는다
에너지가 핏줄기를 타고
온몸에 퍼질 때
그리운 그림자 목줄기에 울컥거린다
창문 너머 서쪽 하늘에
오색 노을에 젖어 그가 웃고 있다

지워지는 기억

하루 과제처럼
목련꽃 향기를 확인하러 가는 길
북쪽으로 향했던 마지막 꽃잎은
창가의 햇살을 향해 조금씩 고개를 든다

병실 앞 탁자에 노인 홀로
하루도 빠짐없이 콩을 고르신다
뒤섞인 흑과 백을 쟁반에 놓고
반복해 무심히 가르고 골라보지만
잊혀가는 기억의 끈은 희미하다
누가 또다시 섞어 놓았을까
지나온 수십 년 추억들을

따져 물어도 답이 없다
어우렁더우렁 살아왔던 시간 속
멀어져가는 기억이 원망스러울 뿐

연분

흰색 무스카리라며
옆집 담을 넘어온 알뿌리 하나
보랏빛 무스카리 옆에 짝지어주니
토닥토닥 고개 내민 싹은
줄기도 꽃망울도 왠지 다르다
알콩달콩 예쁜 꽃 피우고
알뿌리 번식 기다렸더니 엉뚱하게
하얀 프리지어 꽃망울이 올라온다

부부의 인연처럼
세월이 흐르고 살아봐야
본모습을 알 수 있듯
온통 사랑이었던 그대와 나
같은 길을 가면서도
서로 다른 향기를 피우지만
곧은 꽃대와 구부러진 꽃대는
서로 의지하며
봄 꽃밭에서 어우러져
알뿌리를 품고 있다

노란 웃음꽃

겨울에 피우지 못한 봄꽃들이
구례를 향해 달리고 있다
작은마을 전체가 온통 노란 물감으로
붓칠한 듯 눈부시다

앙상한 알몸으로 혹한을 견디며
열여덟 가슴처럼 봉긋봉긋
매달린 꽃송이
샛노란 웃음을 활짝 피운
작은 꽃들의 떼창이 들리고
빨간 과실주 연분홍 막걸리와 벗굴 안주
발길을 잡아
풍악은 끼를 꿈틀거리게 하고
산수유 노랑물이 가슴에 물드는 하루다

고추장 담는 날

해맑은 그녀의 땀방울이 배인 태양초
봄 햇살을 한 줌 넣고 끓여
콧노래도 솔솔 뿌리고
달달한 사랑도 넣고
투박하지만 정 많은 그에 투정도 섞어
짭조름하게 간을 치고
어우렁더우렁 버무려
바싹 말린 항아리에
매콤하고 찰진 사랑을 가득 담아
햇살 잘 드는 장독대에
오늘을 앉히고 나니
가슴까지 빨갛게 물든다

상속

찰떡같은 장손의 손에
절굿공이가 쥐어졌다
쿵덕 쿵덕 멋대로 찧은 떡이
고소한 콩고물에 둥글둥글 만들어져
수북이 쌓이지만 선뜻 손을 뻗을 수 없다

너는 찰떡이고 너를 닮은 메떡도
이리저리 굴려보지만 뻣뻣해서
고물 한 점 묻지 않아
혹시나 하는 고소한 욕심이
코를 찌른다

배탈

얼마 전부터 꾸물거리던 날씨가
폭풍을 만들어
계곡에 쌓였던 불순물을
훑고 지나간다
바위에 부딪히고
잔가지까지 밀어내어
답답했던 장기는
고통을 동반한 채 시원해졌지만
편치 않은 한 숟가락은
많은 교훈을 주었다

내일을 속삭인다

전하지 못한 안부가
밀린 숙제처럼 밀려와 가슴이 무겁다

벚꽃 지기 전에

봄비 머금은 벚꽃길
노후에는 꽃길만 달리자며
개나리 옷을 입고 머리에 주행 띠를 두르고
조심스레 출발선에 서 있다

늘 오가던 길이지만 낯설고 서툴기만 하다
몇 번의 고배를 마신 끝에
개선장군이라도 된 듯 따끈따끈한
면허증을 흔들며 골인 선에 들어선다
취기를 해독하는데 걸린 긴 시간
불편함으로 속죄하며 용서를 빈다

소중한 깨달음

나이 탓일까 불면 때문일까
이른 새벽 엉클어진 시간이 야속하다
옆에는 수십 년 익숙한 얼굴이
깊은 잠에 빠져있다
굵은 주름 사이로 세월의
그림자가 보인다

어두운 길 위로가 되었던
달빛 같은 그대에게
별이 되어 반짝이고
해가 되어 행복하게 살았던 시간
때론 서늘한 달이 되어
구름 속으로 숨고 싶은 순간도
오직 아기 별들이 그린 큰 꿈에
등불 켜고 골목을 비춘 세월

사회에 꼭 필요한 사람이 돼라
목판에 써준 글처럼
원하는 대로 말하는 대로 이루어지리라

유리구두

숨 쉴 공간도 없이
배를 내민 신발장을 열어
굽 하나 떨어져 나간 구두를 꺼내 신고
절룩이며 중심을 잡아본다

지나온 시간의 그림자를
조심스럽게 밟아 보지만
손에 잡힐 듯 멀어져가는 젊은 추억들
저만치에서 기다리던 빈 의자가 달려와
허리를 잡고 안아준다

굽이 닳아 떨어지고
뼈 부딪치는 고통의 소리
청춘의 빛나던 세월이
유리구두 신고 삐그덕거리며
노을 지는 언덕을 기어오르고 있다

돌덩이 모성

지난가을
끝물 고추를 항아리에 담아
누름돌로 꼭꼭 눌러
바람 한 점 들이지 않고 삭힌 지고추
세월 앞에 장사 없던가
봄이 되니 하얀 골가지*가 낀다
꾹 참고 눌려있던 노랗게 삭은 고추는
엄마의 가슴으로 누른 깊은 맛
긴 시간 자식 위해
짜디짠 물속에 잠겨진 돌덩이 모성이
이제 빈 껍질만 남아
저녁노을에 붉게 물들고 있다

* '곰팡이'를 뜻하는 방언.

붉은 모정

새벽녘 눈을 뜬다
문득 떠오르는 엄마
바쁘다는 핑계로 전하지 못한 안부가
밀린 숙제처럼 밀려와 가슴이 무겁다

엄마
울컥 그리움이 수화기를 타고
가슴 깊숙이 장미가 피어오른다
하얀 눈 속에서도
떨구지 못한 붉은 꽃잎
가시만 앙상하지만
마른 꽃은 웃고 있다
울타리에 매달려 떨어지는 그때까지
내일을 속삭인다

은빛 머리

천변 가득 허리 굽은 갈대
엉클어진 백발 한 번 쓸어올리지 못하고
온몸으로 비바람을 막으며
봄 새싹이 한 길씩 자라주길 기다린다

주름진 세월 사이에서
꿈을 심고 흔들림 없는
시간을 태우고 있다

이별을 준비하듯
눈부셨던 지난날을 돌아보며
추억 속을 배회한다

새 촉이 힘차게 뿌리내리고
천변 둑 개나리꽃 어우러질 때
늙은 갈대는 비로소
한 줌 흙으로 돌아가리

고개 숙인 꽃

이른 봄 명자꽃이
가시 달린 빨간 입술로
벌 나비 유혹할 때
그 옆에 뿌리내린 자주 꽃 미소는
햇살 한 번 마주 보지 못하고
명자꽃 그늘에 겨울을 피워올린
어머니 닮은 할미꽃

초침은 세월을 조금씩 밀어내고
고개 들어 활짝 웃어볼 날 언제일까
꽃잎은 하나 둘 떨어지고
앙상하게 남은 은빛 머리 힘없이
나풀거릴 때
수줍어 고개 숙인 얼굴에
노을이 물들고 있다

탈색된 노년

부뚜막에 행주가
비쩍 말라 허리가 비틀린 채
뒹군다
백옥처럼 빛나던 삶은
반찬 냄새 밴 설거지통에서
벗어나지 못하고 있다

세파에 찌든 삶
햇살 줄에 널어
뽀얗게 탈색된 노년은
풍성한 가을 색으로 물들고 있다

엄마의 봄날 3

우암산 자락에 둥지 튼 수십 년의 우정이
대청호 벚꽃놀이를 손꼽아 기다린다

험난한 세상의 바다를 건너온 텃새들
노쇠한 날개를 퍼덕이며
봄이 매달린 꽃밭에 내려앉아
꽃 같은 나이에
험난한 시절을 열심히 살아온
청춘 보따리를 실타래처럼 풀어놓으며
눈가를 촉촉 적신다

주름진 손 마주 잡고
"언제까지나 언제까지나 헤어지지 말자고~"
가슴 울리는 노랫가락이 허공에 날아오른다

딸아! 건강해라
내년에도 꽃구경 가자

손마다 들려있는 지팡이에
터벅이는 발걸음이 무겁다

어머니의 향기

밭고랑에 흙살이 푸석거릴 때
봄비가 소리 없이 다녀가면
초록의 줄기마다
짙은 숨소리 거칠다
아침 햇살 따라 웃어주던 튤립은
오후가 되면서 꽃잎을 닫아
향기를 모은다

봄 햇살처럼
생을 피웠다가 이내 지고 마는
드러나지 않는 사랑처럼
조금씩 향기를 나누며
튼실한 알뿌리를 품고 흙으로 돌아가는
어머니 닮은 꽃

생명수 한 방울

겨울을 끌어올린
고로쇠나무에 구멍 뚫어
수액을 한 방울씩 모아 받아먹듯

오래도록 휴식인 그 방에는
꽃을 활짝 피웠던 나무마다
링거줄을 주렁주렁 매달고
똑똑 떨어지는 수액 한 방울에
목숨을 의존하고 있다
고통의 수개월, 이제는
물 한 방울 빨아드릴 힘조차 포기한 채
기다리는 이별의 시간

고목은 강가에 홀로 서 있다

엄마라서 행복이다

봄을 준비하던 2월 어느 날
내게 찾아온 첫 아이
경험 없이 받은 이름표, 엄마
울음으로 신호를 보내고
기저귀에 유채꽃을 가득 피우면
향기와 색깔을 살피며
깊은 잠 한 번 자지 못한
노랑꽃 얼굴이어도
엄마라서 행복했다

이제 그 노랑꽃이 무럭무럭 자라
엄마 아빠가 되어 예쁜 꿈을 꾼다
유채꽃밭에 앉아 손주들의
해맑은 웃음소리를 듣는다

우애

잡곡들이 미숫가루로 섞여보자며
장날 뻥튀기집으로 향한다
콩과 보리 수수 찹쌀이
뜨거운 통 솥에 들어가니
각기 다른 개성이
변방으로 튀기 시작한다

늘 그래왔듯이 흩어진 마음을
한곳에 모아놓은 미숫가루는
한 컵 물속에서 어우러져
고소한 맛을 낸다

마지막 잎새

바람이 불지 않아도
꽃잎이 흔들리고 있다
솜털보다 더 가벼워진 꽃잎이
슬픔보다 더 야윈 가슴으로 떨고 있다
후후 몰아 쉬는 숨결이
송곳으로 찌르듯 아픔으로 스치고
동행 없는 여행이 두려워
강가에서 뒷걸음치는
그림자가 가련하다

오월에 떨어진 목련
―시모님 발인제에서

푸르던 강물이
자작자작 잦아들 때쯤
시간을 재던 서성임은
강둑에 모든 짐을 벗어 놓고
금 자수 수놓은 흰옷 한 벌 걸치고
꽃향기 위에 앉아 떠나셨습니다
길목마다 향기 품은 아카시아
주렁주렁 매달려 하얀 손 흔드는데
꽃이불 덮고
그리운 님 곁으로 가시는 눈물길
향기 없는 이팝꽃이 배웅을 합니다

삶의 여정
―발인제를 올리면서

어머님은 나라가 어수선하고 어렵던 시절
2남 1녀 중 막내로 태어나셨고
6·25전쟁에 부모님을 일찍 여의고
홀로서기로 한평생을 살아오신 어머님
자신을 사랑하기보다는
남의 의견을 존중하며 늘 겸손하게
사셨습니다

농업을 하시며 힘든 삶을 사시면서도
가족 위해 항상
웃음이 떠나질 않던 분이셨습니다
그림그리기와 책 읽기를 좋아하셨고
떡을 맛나게 드셨습니다
없는 살림에도 불우한 이웃을 살피고
자식의 훌륭한 성장과 가족의 화목을
소원하시던 분이셨습니다
우리들의 어머니여서 행복했고
우리의 엄마였기에 자랑스럽습니다
이제 다시는 그 모습을 뵐 수 없다는
현실에 가족 모두가 가슴이 미어지고
하늘이 무너져 내립니다

늘 배려하며 살자 행복하게 살자시던
어머니의 말씀대로 살겠습니다
사랑했다는 말 못 했습니다

고생 많으셨습니다
어머니 사랑합니다
이제 더는 아픔 없는 그곳에서
편히 영면하십시오
2024. 5. 9

봉분

황토 이불 토닥토닥 덮어드리고
돌아선 길
아직 슬픔은 멈추지 않았는데
그리운 님 만나시라
보라 꽃 한 아름 안겨드렸더니

어느새 초록 옷으로 갈아입고
오월 햇살 아래 아담하게 단장하고
핏줄들 이름 새긴 비석 문패 달아
유산인 듯 베고 누워
고통과 외로움 없을 그곳에서
편히 잠드소서

어머니의 편지 한 장

세상과의 이별이 가까워진 듯
사경을 헤매실 때 가볍게 가시라
유품 정리하면서 준비해 놓은
영정사진이 흰 보에 쌓인 채 시간을 재고
곡기를 끊은 지 몇 달째
핏줄로 한 방울씩 들어가는 수액으로
세상과의 인연을 잡고 있던
침상에서 맞는 생신날
쑤어간 미역죽은 한 숟가락도
넘기지 못하고 밀쳐놓으셨다

예쁜 치매로 이불 속에서 몰래 드시던
초코파이와 떡
체한다 초콜릿 흘린다
잔소리하던 내 모습이
죄인처럼 멍하니 앉아 있다
전쟁고아의 힘들었던 삶을
귀에 딱지 앉게 들려주시던
이야기도 이젠 들을 수 없다

방을 정리하며 서랍 속에서 발견한
아들 며느리에게 쓴 짧은 편지 한 장이
가슴 깊은 곳을 울린다

두 번째 인생

마트 전단지가
유리창을 덕지덕지 도배하는
원 플러스 원의 유혹
임박한 날짜로 얻은 득템처럼
병마에 시달리고 죽을 고비를 넘기며
살아온 시간보다 살아갈 시간이 행복한
원 플러스 원이다

충동구매로 골라 담는 짜릿한 손맛처럼
제2의 인생을 시집으로
후회 없이 엮어가는 하루하루가
행복으로 물들고 있다

사랑으로
불살랐던 가슴

남겨 놓은 마지막 마중물에
서늘한 달빛이 내려앉아 있다

세시화

가느다란 꽃대 끝에
꽃분홍 망울이 동글동글
오후가 되어 활짝 피어 수줍게 웃는

그를 닮은 도도한 세시화
마음을 닫았던 날들이
투병 중이었다는 걸
시간이 흐른 후 알게 되었다

가는 꽃대가 바람에 휘청이다가
제자리로 돌아오듯
뚝방 길가의 햇살 좋은 오후
쓰러질 듯 흔들리지만
낚싯줄처럼 강한 꽃대로
다시 일어나 예쁜 꽃 활짝 피운
그녀가 세시화처럼 아름답다

노을빛 착륙

활주로를 서서히 출발하던 순간
떠오른 날개는 두 발을 접는다
안개구름에 한 치 앞도
분간 어려운 하늘길은
인생길처럼 막막하다
나침판의 정해진 길로
꿈을 향해 높이 오를수록
펼쳐지는 하늘 전경에 가슴이 벅차다

움츠리고 긴장했던 긴 여행
고리고리 잡은 사랑의 손길로
아름다운 추억 가득 안은 인생 여정
저 멀리 노을빛 물든 활주로를 향해
서서히 착륙할 준비를 하며
안전띠 점검을 한다

오! 아름다운 내 인생아~

홍시

햇살이 눈 부신 언덕배기에
긴 세월 홀로 서 있는 키 작은 나무
가뭄에 몸통이 쩍쩍 갈라져도
앙상한 가지에 꽃 피우고
휘어지게 매단 열매를 지키느라
모든 걸 내어주고 쪼그라든
어머니의 젖가슴

힘겹게 매달린 홍시는 마지막 까치밥
세월의 고단함은 노을빛에 물들고
달이 떠오르면 별을 향한 그리움에
갈라진 가슴이 젖는다

미소의 비밀

지인의 문병길
착잡한 마음 차창을 스친다
소녀의 감성과 미모가 빛나는 그녀
깊은 생각과 무기력
풀어놓지 못한 속 이야기
가슴에 가득하다

지적인 미소에 비밀
누르고 살던 그녀의 삶은
가슴속 뜨거운 불꽃이었나
흔들리는 눈빛
가족의 울타리를
벗어나 보지 못한 헌신의 대가
사랑과 애착의 기다림으로 초점 잃어
실타래처럼 엉킨 머릿속
유리방 너머 힘없는 손짓은
돌아서는 발걸음을 잡는다

알뿌리의 비밀

늦가을 심은 튤립이
봄 햇살에 다양한 색의 꽃잎을 연다
땅속에서 겨울잠을 잘 때는
몰랐던 너와 나
언 땅을 비집고 새 촉을 올린 큰 꿈
각자 색깔이 다르고
돌연변이의 꽃도 피었다
꽃이라고 다 아름다울까
벌 나비도 거부하는 꽃
꺾어버릴 수 없어
어우러져 있길 바랄 뿐

꽃의 이름으로 피었기에

지워지는 고향

삼복더위에 흩어져 있던
가족이 모두 둘러앉아 촛불 켜던 날
고향 뒷산에 자리 잡아
강산이 네 번이나 바뀐 세월

기쁠 때 슬플 때 찾던 님 계신 곳
봄이면 영산홍 곱게 피어 반기던 자리
개발 예고로 사라지는 고향과 함께
어쩌면 마지막이 될지 몰라
이른 새벽 마지막 머리를 깎아드린다
봉분은 보이지 않고 온통 풀밭이고
한 길씩 커버린 자식들만큼이나
키 큰 망초와 금계국이 자리 잡아
깔끔히 다듬고 잔을 올린다
예쁘다 예쁘다 쓰다듬고
품에 안아주시던 님이 그리워
뜨거움이 울컥 올라와
까슬한 잔디 쓰다듬어 토닥인다
핏줄 하나의 인연이 이토록 긴 세월
이승과 저승에서 그리움의
긴 끈 놓지 못하는가
아버지가 그립고 고향이 그리워도
이제는 갈 수 없는 사라지는 고향
오창 오리골 뒷동산을 추억 속에 묻는다

역류

언제부터인가
역한 냄새가 하수구를 타고 올라온다
조심스럽게 물을 흘려보내고
청소를 해도 꽉 막혀 다시 올라온다

원인은 몇 년 묵은 체기 때문
바로 풀어버리지 못하고 쌓아둔
밴댕이 속앓이에 이물질이 가득 찼다
주는 대로 받고 거르지 못한 찌꺼기

무심히 툭툭 던져진
말 말 말의 가시가
부풀어 오른 욕심을 터트려
순식간 소나기로 훑고 내려간다
몰아치는 돌풍에 허리가 휘청인다

마중물

마당 한편 펌프에 여린 두 팔로
마중물을 채웠다
꽁꽁 언 물을 녹이고 깨는 것도
내 몫이 되었던 시간
갈증 해소를 위해 아끼며 남겨 놓은
한 바가지 사랑을 부어 울컥 쏟아낼 때도
마치 모성을 흉내라도 내듯
희생을 양동이 가득 채운다
마르지 않는 모성처럼
남겨 놓은 마지막 마중물에
서늘한 달빛이 내려앉아 있다
사랑으로 불살랐던 가슴이 다 타버려
앙상하게 껍질만 서 있다

가슴에 묻은 꽃

색깔도 알 수 없는 열아홉 송이 꽃
꿀 항아리에 숨겨져 수백 리 날아와
눈 감고 귀 막고 깊은 산 속에 심어져
그리움으로 떨군 눈물이
핏물 되어 꽃을 피웠다

짓무른 발은 미동을 멈추고
부는 바람에 떨군 씨앗
눈에 밟혀 돌아서지 못하고
치마폭에 감쌌던 네 남매
제 몫의 뿌리를 내려 꽃 피우고
먼저 떨군 어머니의 눈물꽃
우암산 기슭에 핀 천리향
가슴에 보랏빛으로 피어오른다

그곳에 섬이 있다

넓은 창으로 들어오는
섬 하나가 가슴에 그려진다

척박한 작은 섬
연리지로 묶여 꽃 피우고 열매 맺어
향기로 가득 채워진 섬
행복이 햇살처럼 쏟아지는 오후
향기는 단단한 뿌리 내리고
가슴은 바닷빛으로 물들고
노고가 시간 속으로 스며든다

휴일을 맞아
밀물처럼 들어온 행복한 북적임이
썰물로 빠져나가면
방전돼 버린 체력은 둘만의 시간으로 충전한다

그새 노을이 아름답다
그대와 내가 행복으로 물드는 것은
작은 섬에 가득한 사랑이 있기 때문

마지막 눈빛

여행길에 들린 수산시장 수족관에는
사형선고 받은 물고기들이
마지막 물탕질을 하고 있다
힘차게 꼬리치는 젊은 녀석에게
손가락이 머물 때
겁에 질린 마지막 눈빛이 애처롭다
도마 위에 올려져 고뇌에 껍질을 벗고
뽀얀 속살을 드러내어
싱싱함을 과시하는 그에게
술잔을 가득 채워 마지막 예를 갖춘다

힘겨웠던 삶도 한때는
수족관의 물고기처럼 사형선고 받고
초록 십자가 안에 갇혀
하얀 가운 의사의
입을 바라보며 긴장했던 짧은 시간
어떡하면 저 칼끝을 피할 수 있을까
수술대에 올라 마지막처럼
모든 걸 내려놓았던 순간
두려움에 떨었던 시간이 스친다

새 삶을 행복으로 채우고
가슴속 이야기를 맛깔난 시로 쓰며
새로운 수를 이어가고 있다

붉은 그리움

밤새 퍼붓는 빗소리
긴 이별에 아픔을 떠올려
선잠을 깨운다

재스민 향기는 밤을 밝혀
더욱 짙어진 그리움을 그리고
멍울진 기다림은 빨간 마음을
하얗게 터트린다

발자국

굽이굽이 고갯길 넘고 넘어
물길 따라 봄꽃 향기에 끌려 머문 곳
흩날리는 꽃눈 밟으며
님의 발자욱을 만난다

봄이 와도 녹지 않고 비바람이
불어도 흩어지지 않는
손길 닿은 험한 시간만큼
굳은 의지는 바위가 되었다

가는 곳마다 시화들이 활짝 피어 있는
시를 알리고 문학의 고장으로 빛나기까지
험하고 험한 길 달린
님의 발자취에 가슴이 먹먹하다

백야호수 둘레길에
숱한 시어가 햇살 머금어
윤슬처럼 빛나 오르고
벚꽃이 피고 지길 수십 번 지난 세월이
님의 영혼과 노고를 담은 백야호수에
꽃 그림자로 내려앉는다

5년에 한 번 그날

겉과 속이 다른 속 내를 들키기 싫지만
하루쯤은 욕심과 달콤한 유혹을 견디며
마음에 그릇을 청정수로 채운다
모든 번뇌에 찌꺼기를 밤새 밀어내며
맑은 물로 비우고 또 씻어낸다

속마음을 들키지 않으려
덧칠하고 포장했던 웃는 얼굴
초록 십자가를 업고 있는 그에게
유리알 같은 속내를 보이려 견딘
하루의 고통에 녹초가 돼버렸지만
깔끔해진 길에 새로운 꿈을 펼친다

연못 밖은 위험해

누군가
무심히 던진 돌에 맞은 개구리에게
왜 너는 하필 거기에 있었느냐구
멋쩍은 웃음을
그냥 그렇게 넘어가지만

돌 맞은 개구리의
여린 살갗의 상처는
흉터로 남아
지워지지 않을걸

구룡공원

가슴에 팝콘이 투닥투닥 튀던 날
들숨 날숨 크게 쉬어봐도
호흡 조절이 어렵다
성당 옆 작은 호수를 끼고 있는 공원
둘레길에 걸린 시화를 한 편씩
가슴에 담으니 겨울바람 향기롭다

바람이 불 때마다 늪지에 갈대 무리
뼈 부딪치는 마른 비명이다
쓰러질 듯 휘청이지만
든든한 뿌리는 호수에 터줏대감이다

노을이 물들 즈음 내 안의 호수에
한가로이 노니는
청둥오리가 꿈꾸는 백조는
내 안에서 평화롭다

의림지의 사랑

역전 플랫폼에서 옛 추억을 소환한다
몇 해 전 시심을 가득 품고 갔던 제천
겨울 왕국에 눈이 녹아내리고
추억이 흘러 봄 길 틀 때쯤
다시 찾은 그곳
눈을 깎아 만든 성은
녹아내려 호수를 가득 채운다

다섯 정거장을 오가며 속삭였던 청춘열차
창밖에 스치는 풍경에 겹치는 그리움
심심풀이 땅콩을 외치는 구수한 목소리가
설렘을 깨우던 그때가 그립다

詩의 울림

한여름의 무더위를
뭉글뭉글 구름 한 점 떼어
훌훌 뿌려 절인다
빗줄기에 쌓인 찌꺼기를 씻어내고
매콤 칼칼한 마음과
달콤한 가을 햇살 한 줌
톡 쏘는 성깔 한 줌 넣고 버무려
항아리에 곰삭힌다
깊은 맛이 고루고루 어우러진
야릇한 맛 구수한 가을 향기가
뚝배기에서 바글바글 끓고 있다

향기로운 詩, 비우는 여행

이오장(시인)

배낭 가득
버려야 할 욕심을 꾹꾹 눌러 담아
허리가 휘게 짊어지고
기차를 탄다

출발에서 속도를 붙여
터널을 들락거리며
종착역을 향해 질주한다

분주한 시침 따라 살아가는 인생길
터널에선 잠시
숨죽이는 방법도 터득하여
내일의 빛을 내다본다

바늘구멍 빠지는 듯 질주하는 삶
이제 괴로움 다 내려놓고
희망과 사랑으로
비워질 배낭을 새롭게 채우며
행복한 여행길 기대한다
하루의 햇살이 품어 들고 있다

                    ―「비우는 여행」 전문

　일정한 기준으로 정해진 삶이 아니다. 많은 사람은 저
마다의 방식으로 살아가고 저마다의 정신을 고집하며 타
협하지 않는다. 그 부작용은 어둠을 만들어 삶을 피폐하
게 하는데 그것을 아는 순간은 죽음에 이르러서다. 깨우
친 성인이라도 종착점에 도달해서야 겨우 깨우쳤다는 것
을 고백하지 않았던가. 하지만 인간의 깨우침이라는 것이
진정으로 있기나 한 것일까.
　자연에서 얻은 삶을 자연에 맞춰가며 자연으로 살면
되는데 무엇을 깨우치고 뉘우친단 말인가. 동양에서는 무
위자연이 최대의 깨우침이라는 것을 잘 알고 있다. 다만
그것을 실행하지 못하고 있을 뿐이다. 결과적으로 깨우침
은 없고, 인간이 자연을 지키며 자연 속에서 살아가면 진
정한 인간이라고 말한다. 배움이 아니라도 그것을 알면서
도 실행하지 못하는 인간은 오직 자신만을 위한 이기심

의 존재다. 그것을 어느 정도 알게 되는 것은 체험을 위한 여행이다.

김진길 시인은 그것을 증명하며 실행에 옮긴다. 배낭 가득 욕심을 집어넣고 길을 나선다. 속도를 더하여 달리고 달려 터널에 들어서는 길에 어둠 속에서는 속도를 늦춰야 한다는 것을 알게 된다. 잠시의 여유와 망각 속에 진정으로 자연으로 가는 길이 보인다. 경쟁은 바늘구멍 통과하기다. 그 의미는 그만큼의 죄업과 고난이 있다는 뜻이다. 그렇다면 무엇으로 어떻게 사는 것이 진정한 삶일까. 시인처럼 다 비우고 끝내는 배낭까지 버리는 삶이다. 그것만이 자연으로 돌아가는 길이다. 여행으로 삶의 깨우침을 얻은 시인이 부럽다.

—출처 [전국매일신문 詩] 시인 이오장

새로운 빛깔을 낸다

증재록(한국문인협회 홍보위원)

1. 기다림으로 이룬 맛

오늘을 사는 건 맛깔이다. 맛깔은 섞임으로 새로운 빛깔을 낸다. 사는 건 맵고 쓰고 달고 시고 떫다. 모아서 오미라고 하지만 꿈은 그 속에서 솟아나 보라! 보랏빛으로 피어나는 오감을 느낀다. 저만큼 거기 파랑에서 일어나는 파란의 세월을 더듬어 나가는 길, 가물 가물거리다가 서서히 보라! 오감의 보라를 심상으로 새긴다. 말없이 건네주는 손길에서 시향이 피어난다. 삶의 맛이 가끔 굽기도 하지만 바탕은 둥글어야 돌기도 하고 꺾이기도 하고 휘기도 해 그 깊이에서 시의 본질을 찾는다.

어려운 시대의 소용돌이 속에서 비겁하지 않고 당당하고 착하게 살아왔다는 건 눈물겨운 일이다. 한 시대를 지탱해 온 근원은 둥근 맛깔, 맛깔은 건건해야 한다. 싱겁지도 짜지도 않아야 한다. 하루하루가 주름져 가는 만큼

간이 배어있어야 한다. 한평생 살아오면서 말을 짜게 했다고 뒤늦게 시를 쓰고 삭인다. 주책 떨듯 세월을 씹었던 말을 시심으로 달궈 빼내기, 연신 우물우물 하루를 맞으면서 짠 장을 들이킨다. 시의 맛은 건건해야 한다고 짜거들랑 깨를 섞고 싱겁걸랑 고춧가루를 버무리고 떫거들랑 소금을 홀홀 뿌리라고 주문한다. 진득한 파가 제 몸 헐어 간을 작작 배게 할 거니 섞이고 어울려야 해, 시의 고집은 삭여야 맛이란다. 더 우물거리지 말고 시의 산고를 참아야 절고, 입 다물고 가만히 삭혀 엮은 시집을 펴낸다. 시의 맛이란 바로 맛깔 난 음식이다. 새로운 수를 펼치는 김진길 시인의 시 맛을 본다.

2. 순간을 잡는다

보글보글 방울방울 일어나 똑딱똑딱 새 순간이다. 철을 버티며 겨울 보내고 새봄 맞는 줄기가 물을 올린다. 숨쉬기 따라 눈 뜨기로 새겨서 들어보기, 먹이에서 힘을 내야 하는 오늘이다. 파릇파릇 싹이 오르고 쓰러지지 않고 무너지지 않고 견뎌야 하는 바람맞이에서 지탱해 온 건 축축하게 적셔온 뿌리 덕인가 보다. 어려울 때마다 오직 엄마의 자장가가 쟁쟁하게 울려와 오늘을 헤치는 숫자로 시를 쓴다.

손끝으로 던진 물수제비가
톡톡톡 물 위로 튀어 오르더니
힘없이 가라앉는다
잔잔해진 수면 위에
용서를 쓴다
던지는 순서와 방법이 바뀐
손끝이 안쓰러울 뿐
하루의 조각들을 이어 붙이며
곤한 잠을 밀어내며
가슴에 사랑을 품는다

　　　　　　　　　　　　　　　　—「말 말 말」 전문

　소통의 가장 기본인 말, 한마디 말이 빚을 갚는가 하면 반면에 원수가 되기도 한다. 말은 어려서부터 부모로부터 배우는 심성, 한마디 한마디가 소중해서 물수제비처럼 가볍게 오르고 내리다가 자칫 가라앉고 마는 말의 중요성을 보여준다. 물의 파문처럼 치고 나가는 말의 본질을 감각적으로 이해하고 생생하게 부드러운 말을 찾아간다. 깊이에는 이런 말 저런 말을 품어주는 사랑의 말이다.

　한낮 따사로운 햇살이
　누런 벼 이삭 위로 쏟아지고
　영글어가는 가을이

땅에 닿을 듯 만삭이다

몇 해 전 하나 둘
뿌리 내렸던 작은 들꽃
해를 더하며 꽃밭 가득 자리하고
사시사철 꽃 미소로 피었다

망울진 예쁜 꽃은
때가 되면 시들어 떨어지지만
詩로 활짝 피운 꽃은
단단한 열매 맺어
향기는 첫사랑처럼 피어난다

기다리던 첫가을
뜨락 위에 살포시 놓인 꽃신 하나
주인을 기다리며 설렘으로
긴 밤을 잡고 있다

—「가슴에 머문 꽃」 전문

익는다는 것, 영근다는 건 성숙해지면서 낮아지는 것,
밤을 익히고 낮에 꽃잎을 펼치는 겸손과 예의다. 가을이
면 봄 여름의 풍파를 헤치고 익어가는 열매, 꿈의 원천적
인 희망으로부터 성장을 거쳐 기다림으로 이룬 그 향기
는 첫사랑만큼이나 설렌다. 땅으로 내려서는 풍작은 환

경에 대한 반응으로 희비의 양상을 노래한다. 작은 들꽃
부터 화단에서 보살핌을 받은 꽃까지 모두 모이면서 일
치를 이룬다.

찬란했던 젊음은
세월 속에 빛바래고
지나온 발자욱은
행복한 긴 그림자와 동행하고 있다

지나온 길보다
가야 할 길이 가까운 길목에서
좋은 벗들과
소중한 인연 안고
외롭지 않은 여정은
노년을 향해 가고 있다

—「긴 그림자의 동행」 전문

세월을 가장 먼저 접하고 내보이는 촉각으로 항상 붙
어 있는 그림자를 본다. 해넘이의 어느 날 문득 돌아본
길 뒤에는 그림자가 길게 늘어져 있고 소중했던 인연을
생각한다. 아쉬움과 보고픔으로 막막하게 펼쳐지는 그리
움이다. 앞을 보면 황혼의 길, 길이란 언제나 열려있어도
목적 있고 명분 있어야 열리는 길, 앞길은 빛의 세계로 방

향이 설정되어 있어도 노년으로 가는 해넘이길이다.

새벽녘 눈을 뜬다
문득 떠오르는 엄마
바쁘다는 핑계로 전하지 못한 안부가
밀린 숙제처럼 밀려와 가슴이 무겁다

엄마
울컥 그리움이 수화기를 타고
가슴 깊숙이 장미가 피어오른다
하얀 눈 속에서도
떨구지 못한 붉은 꽃잎
가시만 앙상하지만
마른 꽃은 웃고 있다
울타리에 매달려 떨어지는 그때까지
내일을 속삭인다

　　　　　　　　　　　　　　　　　　ー「붉은 모정」 전문

　문득 문득은 이어져 영원으로 간다. 생명의 끈 엄마는
한시도 곁을 떠난 적이 없다. 언제나 마주 앉아 있다. 가
슴 깊이 피어오르는 장미 같은 그리움이 속을 끓이다가
식으려 하면 가시가 콕콕 찌른다. 활짝 피었던 꽃잎, 지
고 나서도 별처럼 매달려 있는 몽우리. 갈 길을 인도해

주고 교시한다. 그리움과 사랑은 어머니로부터 펼쳐진다. 일상 삶에서 떨어질 수 없는 영적인 엄마를 향한 눈은 내일의 방향을 설정한다.

마당 한편 펌프에 여린 두 팔로
마중물을 채웠다
꽁꽁 언 물을 녹이고 깨는 것도
내 몫이 되었던 시간
갈증 해소를 위해 아끼며 남겨 놓은
한 바가지 사랑을 부어 울컥 쏟아낼 때도
마치 모성을 흉내라도 내듯
희생을 양동이 가득 채운다
마르지 않는 모성처럼
남겨 놓은 마지막 마중물에
서늘한 달빛이 내려앉아 있다
사랑으로 불살랐던 가슴이 다 타버려
앙상하게 껍질만 서 있다

―「마중물」 전문

마중은 참으로 설렌다. 그 길까지 시간 전 미리미리 몸가짐을 다스리고 나가서 맞이하는 마중엔 정성이 소용돌이친다. 그리하여 마중으로 이루어지는 사랑은 진심이 밴다. 가뭄으로 메마른 마음에도 무엇인가 마중물이 필요

하다. 막혀있는 돌파구를 마련하기 위하여 마중물을 붓고 마중한다. 마중물로 살아온 한 세상이 모성애다. 물살 저어 다가온 괴로움, 가슴에 흐르고 있는 슬픔을 마중물로 펌프질하여 사랑을 펼쳐온 세월이다.

3. 길을 촉촉 적시며

언제나 새로운 수를 펼치고 있는 새수 김진길 시인이 두 번째 시집을 펴낸다. 얼마 전 어머니를 저세상으로 보내드리고 유품에 눈물 젖는 시인의 기적소리가 지난 시절을 불러온다. "행복한 게 힘이여, 며느리로 와서 고생한 거 미안해" 마지막으로 남긴 어머니의 글귀가 귀를 울린다. 인제 그만 놓아드리면서 시인의 지난 시절을 펼친다. 역전 거기엔 광장이 있고 둘레엔 포플러, 그 아래 긴 의자, 가끔 그와 만남 약속이 있을 때면 기차를 타고 바람길로 떠나며 상상을 펼치는 자리, 까치내 뚝방에서 햇살에 저린 휘파람 따라 바구니 정성 한 줌 쥐고, 팔결교 아래 미호천 줄기에서 오색의 빛깔로 향기를 맛보며 가는 길. 그 삶터에는 시심이 솟아나고 깊이엔 배려가 펼쳐져 그리움 진 사랑을 품는다. 여유롭게 시간을 찾아서 메마른 몸을 적셔 피어오르는 꽃이 언제나 새로움이다.

봄이 오면서 정원이 들썩이고 생명의 소리가 시 밭을 울린다. 방울방울 일어서고 순간순간 살아가는 둥근 길에서 동그란 숨을 마신다. 숨은 생명이고 그 깊이에서 이루는 초점으로 빛을 향한 오늘을 시향으로 풀어 날린다. 쓰러지지 말기, 순간을 숨으로 일어서서 눈물 한 방울 받는 힘으로 새 물결 치오르고 새 물살 타 내리고 용솟음 치듯 뛰어오를 날의 가치를 펼친다. 그 안에는 그리움이지만 절대로 돌아갈 수 없는 길에서 시 낭독으로 구룡공원을 윤택하게 빛낸다. 지난날을 더듬고 오늘을 새롭게 만나려는 길을 촉촉 적시는 김진길 시인의 하루가 시향을 풀어 아름다운 수를 놓는다.